um caso de Hercule Poirot

Publicado originalmente em 1940

AGATHA CHRISTIE

MORTE NA PRAIA

· TRADUÇÃO DE ·

Giu Alonso

HarperCollins

Rio de Janeiro, 2025

Título original: *Evil Under the Sun*

COPIDESQUE Luiza Vianna
REVISÃO Georgia Kallenbach e Victoria Rebello
PRODUÇÃO EDITORIAL Anna Clara Gonçalves
DESIGN GRÁFICO DE CAPA E MIOLO Túlio Cerquize
TRATAMENTO DE IMAGEM Lucas Blat
IMAGEM DE CAPA © Olena Ivanova
DIAGRAMAÇÃO Abreu's System

Dados Internacionais de Catalogação na Publicação (CIP)
(Câmara Brasileira do Livro, SP, Brasil)

Christie, Agatha, 1890-1976
Morte na praia / Agatha Christie ; tradução de Giu Alonso. – Rio de Janeiro : HarperCollins Brasil, 2025.

Título original: Evil under the sun
ISBN 978-65-5511-813-1

1. Ficção policial e de mistério (Literatura inglesa) I. Título.

25-277775 CDD-823.0872

Índices para catálogo sistemático:
1. Ficção policial e de mistério : Literatura inglesa 823.0872
Cibele Maria Dias – Bibliotecária – CRB-8/9427

HarperCollins Brasil é uma marca licenciada à Casa dos Livros Editora Ltda. Todos os direitos reservados à Casa dos Livros Editora LTDA.

Rua da Quitanda, 86, sala 601A – Centro
Rio de Janeiro/RJ – CEP 20091-005
Tel.: (21) 3175-1030
www.harpercollins.com.br

Para John

Como lembrança de nossa última temporada na Síria

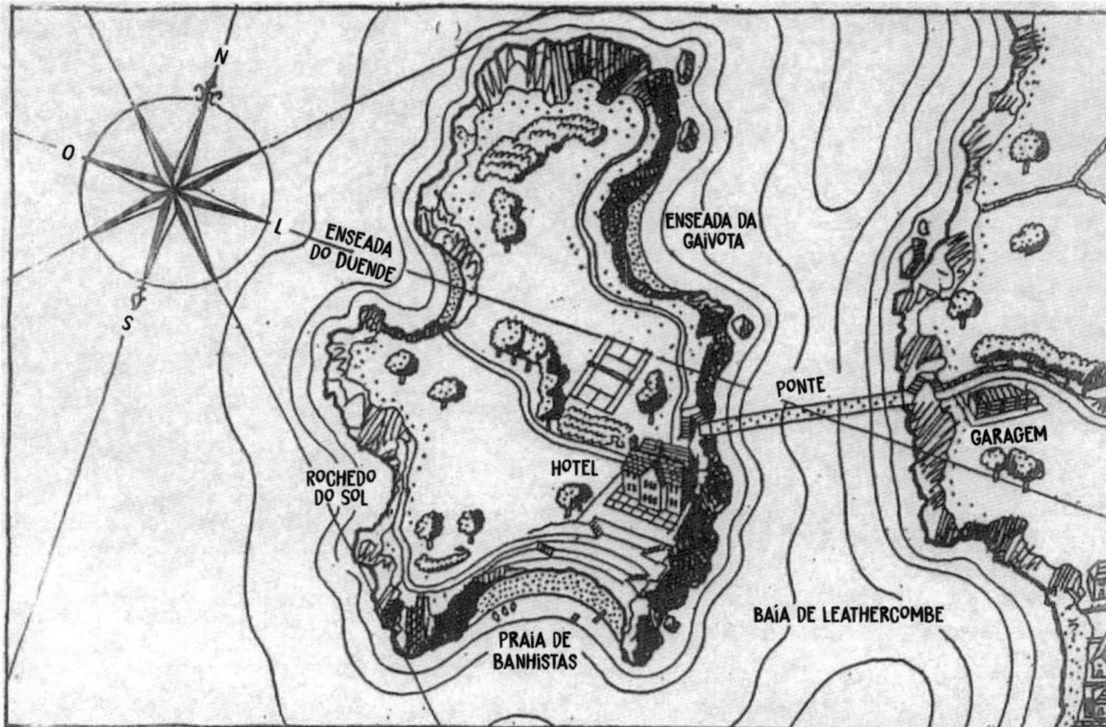
N
O
L
S
ENSEADA DO DUENDE
ENSEADA DA GAIVOTA
PONTE
GARAGEM
HOTEL
ROCHEDO DO SOL
PRAIA DE BANHISTAS
BAÍA DE LEATHERCOMBE

Capítulo 1

Quando o Capitão Roger Angmering construiu sua casa, em 1782, na ilha perto da Baía de Leathercombe, a decisão foi considerada o cúmulo da excentricidade. Um homem de bom nome como tal deveria ter uma mansão respeitável, localizada em uma pradaria ampla, talvez até com um riacho corrente e pastagens de qualidade.

Mas o Capitão Roger Angmering tinha um único grande amor: o mar. Então construiu sua casa — e era uma propriedade robusta, como precisava ser, naquele pequeno promontório varrido pelo vento e cercado de ravinas — em um local que se via isolado do restante do país a cada maré alta.

O homem não havia se casado, pois o mar fora seu primeiro e último companheiro, e após sua morte a casa e a ilha foram herdadas por um primo distante. O parente e seus descendentes dispensaram pouca atenção ao legado. Suas propriedades acabaram por minguar, e os herdeiros empobreceram com o passar dos anos.

Em 1922, quando a moda de buscar o litoral durante as férias se estabeleceu, e as praias de Devon e da Cornualha já não eram consideradas tão quentes no verão, Arthur Angmering descobriu que sua vasta e inconveniente casa em estilo georgiano tardio tornara-se invendável, mas conseguiu um bom preço pela curiosa propriedade adquirida tantos anos antes pelo Capitão Roger.

A já robusta construção foi ampliada e embelezada. Uma ponte de concreto foi construída, ligando a ilha ao continente. "Passeios" e "recantos" foram projetados e estabelecidos por todo o local. Havia duas quadras de tênis e pátios ensolarados que levavam a uma pequena baía, pontilhada por jangadas e trampolins. O Hotel Jolly Roger, na Ilha do Tratante, na Baía de Leathercombe, nasceu, triunfante. E, de junho a setembro (com uma curta temporada adicional na época da Páscoa), o hotel em geral ficava abarrotado até o teto. Em 1934, passou por outra reforma, com a adição de um bar, um salão de jantar maior, e alguns banheiros extras. Os preços subiram.

As pessoas diziam:

— Já visitou a Baía de Leathercombe? Tem um hotel maravilhoso por lá, em uma ilhota ou coisa assim. Muito confortável, e não se vê pobretões nem ônibus de excursão. A comida é ótima. Você deveria ir.

E iam.

II

Havia uma pessoa muito importante (pelo menos mediante sua própria percepção) hospedada no Jolly Roger. Hercule Poirot, resplandecente com um terno de linho branco, chapéu-panamá cobrindo os olhos e os bigodes magnificamente cofiados, recostou-se em uma espreguiçadeira confortável e observou a praia. Diferentes pátios estendiam-se do hotel até a areia, onde havia boias, pedalinhos, botes de borracha e lona, bolas e brinquedos variados. Um longo trampolim estendia-se sobre a água e três balsas flutuavam a distâncias variadas da praia.

Alguns banhistas estavam no mar, outros, deitados ao sol, e alguns ungiam-se cuidadosamente com óleo bronzeador.

No terraço mais adiante, outros hóspedes, sem planos de mergulhar, estavam sentados, comentando sobre o clima, a cena à frente, as notícias dos jornais matinais ou qualquer outro assunto que lhes interessasse.

À esquerda de Poirot, um fluxo incessante de palavras saía em um tom suave e monótono dos lábios de Mrs. Gardener, ao mesmo tempo em que suas agulhas estalavam em um tricotar vigoroso. Atrás dela, o marido, Odell C. Gardener, estava deitado em uma rede, o chapéu apoiado no nariz, vez por outra proferindo alguma breve declaração quando conclamado a fazê-lo.

À direita de Poirot, Miss Brewster, uma mulher atlética e rígida, de cabelos grisalhos, expressão agradável e pele curtida pelo sol, fazia comentários cortantes. Soava mais como um cão pastor, cujos latidos curtos e retumbantes interrompiam os ganidos incessantes de um lulu-da-pomerânia.

Mrs. Gardener falava:

— Então eu disse a Mr. Gardener, ora, eu disse, passear é mesmo muito bom, e minha preferência é sempre conhecer um lugar de cima a baixo. Mas, afinal, eu disse, nós já conhecemos a Inglaterra muito bem e tudo o que quero no momento é encontrar um lugar tranquilo à beira-mar e relaxar. Não foi isso que eu disse, Odell? Simplesmente *relaxar*. Sinto que preciso relaxar, eu disse. Não foi, Odell?

Mr. Gardener, por detrás do chapéu, murmurou:

— Isso mesmo, querida.

Mrs. Gardener seguiu com o tema.

— Quando mencionei essa questão a Mr. Kelso, na agência de viagens Cooks… Foi ele que organizou todo o itinerário para nós, realmente *muito* prestativo. Decerto não sei o que teríamos feito sem sua ajuda. Bem, como eu ia dizendo, quando mencionei a questão, Mr. Kelso comentou que a melhor coisa para nós seria vir para cá. Um lugar muito pitoresco, nas palavras dele, bem distante de tudo, e ao mesmo tempo muito confortável e exclusivo em todos os sentidos. Então, é claro, Mr. Gardener entrou na conversa e perguntou: e quanto aos arranjos sanitários? Porque, o senhor não vai acreditar, Monsieur Poirot, mas minha cunhada certa vez acomodou-se em uma casa de hóspedes "muito exclusiva", eles disseram, no coração das charnecas, mas juro por tudo que é mais sagrado, não havia nada além de *um banheiro seco*! Naturalmente, isso deixou Mr. Gardener desconfiado desses lugares distantes de tudo, não é mesmo, Odell?

— Isso mesmo, querida — disse Gardener.

— Mas Mr. Kelso nos tranquilizou de pronto. As instalações, segundo ele, eram absolutamente de última geração, e a comida, excelente. E tenho certeza de que é verdade. Mas o que eu gosto daqui é que é *íntimo*, se é que me entende. É pequeno, então todos conversam e se conhecem. Se os britânicos têm um defeito é que tendem a ser um pouco distantes até que conheçam a pessoa por alguns anos. Depois disso, não há gente mais simpática. Mr. Kelso comentou que o lugar recebia pessoas interessantes, e vejo que ele estava certo. Como o senhor, Monsieur Poirot, e Miss Darnley. Ah! Fiquei tão entretida quando descobri quem o senhor era, não fiquei, Odell?

— Ficou mesmo, querida.

— Rá! — exclamou Miss Brewster em uma explosão. — Que emoção, hein, Monsieur Poirot?

Hercule Poirot levantou as mãos em um gesto humilde, mas não passava de uma demonstração de educação. Mrs. Gardener, sem perder ímpeto, continuou:

— Sabe, Monsieur Poirot, eu ouvi muito sobre o senhor de Cornelia Robson. Mr. Gardener e eu visitamos Badenhof em maio. E, claro, Cornelia nos contou tudo sobre aquela história no Egito, quando Linnet Ridgeway foi morta. Ela disse como o senhor era maravilhoso, e eu fiquei simplesmente louca para conhecê-lo, não é, Odell?

— Isso mesmo, querida.

— E Miss Darnley também. Sou cliente assídua da Rose Mond e, claro, ela é a *cara* da Rose Mond, não é? As roupas são tão elegantes. Uma linha maravilhosa, realmente. Aquele vestido que usei ontem à noite era dela. Uma moça adorável em todos os sentidos, na minha opinião.

Detrás de Miss Brewster, Major Barry, que estava sentado com os olhos saltados seguindo os banhistas, resmungou:

— Uma garota de aparência distinta, realmente.

Mrs. Gardener seguia estalando suas agulhas.

— Só preciso confessar uma coisa, Monsieur Poirot. Fiquei meio… *nervosa* ao encontrá-lo aqui. Não que eu não estivesse animada para conhecê-lo, porque eu estava. Mr. Gardener sabe bem disso. Mas me ocorreu que o senhor talvez estivesse aqui… bem, *por questões profissionais*. Entende? Bem, eu sou muitíssimo sensível, como Mr. Gardener pode confirmar, e simplesmente não suportaria se me visse envolvida em algum tipo de crime. Veja bem…

Mr. Gardener pigarreou e comentou:

— Ora, Monsieur Poirot, Mrs. Gardener é muito sensível.

As mãos de Hercule Poirot se ergueram.

— Permita-me assegurar-lhe, madame, que estou aqui pelo mesmíssimo motivo que os senhores… para me divertir, passar férias. Nem sequer penso em crimes.

Miss Brewster, em seu latido curto e áspero, declarou:

— Nada de corpos na Ilha do Tratante.

Hercule Poirot retrucou:

— Ah, mas isso não é estritamente verdade. — Ele apontou para a frente. — Veja-os ali, enfileirados. O que são? Não são homens e mulheres. Não há nada único neles. São apenas… corpos!

O Major Barry comentou com admiração:

— Umas danadinhas bonitas, algumas delas. Um pouco magras, talvez.

Poirot exclamou:

— Sim, mas que apelo há nisso? Que mistério? Eu, eu sou velho, da velha guarda. Na minha juventude, mal se via um tornozelo. O vislumbre de uma anágua rendada, que encanto! A curva suave da panturrilha... um joelho... as fitas de uma liga...

— Safadinho, safadinho! — disse o Major Barry com a voz rouca.

— São muito mais sensatas, as coisas que vestimos hoje em dia — comentou Miss Brewster.

— Ora, sim, Monsieur Poirot — concordou Mrs. Gardener. — Na minha opinião, sabe, as meninas e os meninos hoje em dia levam uma vida muito mais saudável e natural. Brincam juntos e... Bem, não... — ela corou de leve, pois tinha uma mente muito decente — ... não pensam em *nada* de ruim, o senhor me entende?

— Entendo, certamente — respondeu Hercule Poirot. — É deplorável!

— Deplorável? — guinchou Mrs. Gardener.

— Destruíram todo o romance... todo o mistério! Hoje em dia, tudo é *padronizado*! — Ele acenou com a mão em direção às figuras reclinadas. — Isso me lembra demais o necrotério de Paris.

— Monsieur Poirot! — exclamou Mrs. Gardener, escandalizada.

— Corpos... dispostos em lajes... como carne num açougue!

— Mas, Monsieur Poirot, isso não é um pouco de exagero?

Hercule Poirot admitiu:

— Pode ser, sim.

— Mesmo assim. — Mrs. Gardener tricotava com energia. — Fico inclinada a concordar com o senhor em um ponto. Essas meninas, deitadas dessa forma sob o sol, vão ficar cheias de pelos nas pernas e nos braços. Eu avisei a Irene...

minha filha, Monsieur Poirot. Irene, eu avisei a ela, se ficar deitada no sol dessa maneira, vai ficar com pelos por todo o corpo, nos braços, nas pernas e no peito, e como será então? Eu avisei a ela. Não avisei, Odell?

— Avisou, querida — concordou Mr. Gardener.

Todos ficaram em silêncio, talvez criando uma imagem mental de Irene caso o pior acontecesse.

Mrs. Gardener enrolou seu tricô e disse:

— Eu me pergunto...

Mr. Gardener questionou:

— Sim, querida?

Ele se levantou da rede com dificuldade e pegou o tricô e o livro de Mrs. Gardener. Então perguntou:

— Que tal se juntar a nós para uma bebida, Miss Brewster?

— Agora não, obrigada.

Os Gardener subiram para o hotel, e Miss Brewster comentou:

— Os maridos americanos são maravilhosos!

III

O lugar de Mrs. Gardener foi ocupado pelo reverendo Stephen Lane.

Mr. Lane era um homem do clero alto e vigoroso, na casa dos 50 anos. Seu rosto era queimado pelo sol, e suas calças de flanela cinza-escura eram festivas e nada respeitáveis.

— Que país maravilhoso! — comentou com entusiasmo. — Eu fui da Baía de Leathercombe a Harford, e voltei pelos penhascos.

— Trabalho pesado, caminhar num dia como hoje — disse o Major Barry, que nunca caminhava se pudesse evitar.

— É um bom exercício — comentou Miss Brewster. — Ainda não fui remar. Nada como o remo para os músculos do abdômen.

Os olhos de Hercule Poirot baixaram, um tanto pesarosos, para uma certa protuberância no próprio torso.

Miss Brewster, notando o olhar, completou gentilmente:

— O senhor logo se livraria disso, Monsieur Poirot, se fizesse um pouco de remo todos os dias.

— *Merci*, mademoiselle, mas detesto barcos!

— Quer dizer barcos pequenos?

— Barcos de todos os tamanhos! — Ele fechou os olhos e se tremeu com um calafrio. — O movimento do mar não é nada agradável.

— Ora, o mar está calmo como uma piscina hoje.

— Não existe mar realmente calmo. Sempre, sempre, há movimento — respondeu Poirot com convicção.

— Se quiser saber minha opinião — comentou o major —, o enjoo é quase sempre de nervosismo.

— Pronto — disse o clérigo, sorrindo um pouco —, assim declarou o bom marinheiro... Não é mesmo, major?

— Só fiquei enjoado uma vez... e foi atravessando o Canal da Mancha! Não pense muito, esse é o meu lema.

— Enjoo marítimo é de fato uma coisa muito estranha — refletiu Miss Brewster. — Por que algumas pessoas o sentem e outras não? Parece tão injusto. E nada tem a ver com a saúde em geral. Muitas vezes pessoas frágeis se dão bem no mar. Certa vez alguém me disse que tinha algo a ver com a coluna. O mesmo acontece com algumas pessoas em relação a alturas. Eu mesma não me dou muito bem, mas Mrs. Redfern é pior. Outro dia, no caminho do penhasco para Harford, ela ficou bastante tonta e simplesmente se agarrou a mim. Contou-me que uma vez ficou presa no meio daquela escada externa na Catedral de Milão. Subiu sem problemas, mas descer foi outra história.

— Então é melhor ela não descer a escada para a Enseada do Duende — observou Lane.

Miss Brewster fez uma careta.

— Eu também pensei nisso. É fácil para os jovens. Os garotos dos Cowan e as crianças dos Masterman correm para cima e para baixo e se divertem.

Lane avisou:

— Aí vem Mrs. Redfern, saindo do mergulho.

— Monsieur Poirot deve aprovar — comentou Miss Brewster. — Ela não gosta de tomar sol.

A jovem Mrs. Redfern tirara sua touca de borracha e estava sacudindo o cabelo. As madeixas eram loiro-acinzentadas, e a pele tinha aquela brancura cadavérica que acompanha essa coloração de cabelo. As pernas e os braços eram muito pálidos.

Com uma risada rouca, o Major Barry disse:

— Parece um pouco malpassada comparada às outras, não é?

Colocando um longo roupão, Christine Redfern atravessou a praia e subiu os degraus em direção a eles.

A mulher tinha um rosto sério, de uma beleza pessimista, e mãos e pés pequenos e delicados.

Ela sorriu para o grupo e se abaixou ali perto, enrolando o roupão de banho em volta do corpo.

Miss Brewster avisou:

— Você caiu nas boas graças de Monsieur Poirot. Ele não gosta dos bronzeados. Diz que são como pedaços de carne no açougue ou algo assim.

Christine Redfern sorriu, envergonhada, e disse:

— Eu *bem* que gostaria de poder tomar sol! Mas não me bronzeio. Só fico coberta de bolhas e sardas terríveis nos braços.

— Melhor do que cheia de pelos como a Irene de Mrs. Gardener — retrucou Miss Brewster. Em resposta ao olhar indagador de Christine, ela continuou: — Mrs. Gardener está com tudo esta manhã. Absolutamente implacável. Não é mesmo, Odell?

— É sim, querida.

Ela fez uma pausa e então completou:

— Eu queria, no entanto, que Monsieur Poirot a houvesse provocado um pouco. Por que não o fez? Por que não lhe disse que estava aqui investigando um assassinato particularmente sangrento, e que o assassino, um maníaco homicida, certamente estava disfarçado como um dos hóspedes do hotel?

Hercule Poirot suspirou e respondeu:

— Eu temo fortemente que ela teria acreditado em mim.

Major Barry deu uma risadinha ofegante.

— Sem dúvida seria o caso.

— Não, não acredito que nem Mrs. Gardener acreditaria em um crime ocorrido aqui — disse Emily Brewster. — Este não é o tipo de lugar onde se encontraria um corpo!

Hercule Poirot remexeu-se um pouco na cadeira.

— Mas por que não, mademoiselle? — protestou. — Por que não haveria o que chama de "corpo" aqui, na Ilha do Tratante?

— Não sei — respondeu Emily Brewster. — Suponho que alguns lugares *sejam*, sim, mais improváveis do que outros. Este não é o tipo de local... — interrompeu-se, com dificuldade de explicar o que queria dizer.

— É romântico, sim — concordou Hercule Poirot. — É pacífico. O sol brilha. O mar é azul. Mas a senhorita esquece, Miss Brewster, que existe maldade em tudo que há debaixo do sol.

O clérigo se remexeu no lugar e se inclinou para a frente. Seus olhos azuis brilhavam intensamente.

Miss Brewster deu de ombros.

— Ah! Claro que eu sei disso, mas ainda assim...

— Mas ainda assim este lhe parece um cenário improvável para um crime? Esqueceu-se de uma coisa, mademoiselle.

— Da natureza humana, suponho?

— Isso, sim. Sempre. Mas não era isso que eu ia dizer. Eu ia dizer que, aqui, todos estão de férias.

Emily Brewster virou-se para ele com uma expressão confusa.

— Não entendo.

Hercule Poirot sorriu com gentileza para ela e apontou com o indicador de forma enfática.

— Digamos que tenha um inimigo. Se você começar a persegui-lo em seu apartamento na cidade, no escritório, na rua… *eh bien*, deverá ter uma *razão*, uma justificativa. Mas aqui, no litoral, ninguém precisa se justificar. Está na Baía de Leathercombe, e por quê? *Parbleu!* É agosto… todos vão para o litoral em agosto. Estamos de férias. É bem natural, veja bem, que a senhorita esteja aqui, e que Mr. Lane esteja aqui, e que o Major Barry esteja aqui, e que Mrs. Redfern e seu marido estejam aqui. Porque é costume entre os ingleses ir para o litoral em agosto.

— Bem — admitiu Miss Brewster —, essa é certamente uma ideia muito engenhosa. Mas e quanto os Gardener? Eles são americanos.

Poirot sorriu.

— Até Mrs. Gardener, como ela nos contou, sente necessidade de *relaxar*. Além disso, já que ela está percorrendo toda a Inglaterra, certamente precisa passar uma quinzena na praia… para ser uma boa turista, se nada mais. Ela gosta de observar as pessoas.

— O senhor também gosta de observar as pessoas, suponho? — murmurou Mrs. Redfern.

— Madame, eu confesso: sim, gosto.

Ela disse pensativamente:

— O senhor é bastante perspicaz.

IV

Houve uma pausa. Stephen Lane pigarreou e, com um traço de embaraço, disse:

— Fiquei interessado, Monsieur Poirot, em algo que o senhor disse agora mesmo. Que existe maldade em tudo que há debaixo do sol. Foi quase uma citação de Eclesiastes. — Ele fez uma pausa e então citou: — "Também o coração dos homens está cheio de maldade, nele há desvarios enquanto vivem." — Seu rosto se iluminou com um brilho quase fanático. — Fiquei feliz em ouvi-lo dizer isso. Hoje em dia ninguém acredita no mal. É considerado, no máximo, uma mera negação do bem. O mal, dizem, é feito por aqueles que desconhecem o bem, que são subdesenvolvidos, a quem devemos pena em vez de culpa. Mas, Monsieur Poirot, o mal é *real*! É um *fato*! Eu acredito no mal como acredito no bem. Ele existe! É poderoso! Ele anda pela Terra!

O clérigo parou, a respiração acelerada. Ele enxugou a testa com o lenço e pareceu subitamente envergonhado.

— Perdão. Eu me empolguei.

— Entendo o que quis dizer — falou Poirot com toda a calma. — Até certo ponto, concordo. O mal realmente anda pela Terra e pode ser reconhecido como tal.

O oficial pigarreou.

— Falando nesse tipo de coisa, alguns faquires na Índia...

Major Barry estava há tempo suficiente no Jolly Roger para que todos estivessem cansados de sua tendência fatal de embarcar em longas histórias sobre indianos. Tanto Miss Brewster quanto Mrs. Redfern começaram a falar repentinamente.

— Não é seu marido nadando até nós, Mrs. Redfern? Como é magnífico o crawl dele. É um nadador excelente.

No mesmo momento, Mrs. Redfern exclamou:

— Ah, vejam! Que lindo barquinho vai lá, com as velas vermelhas. É de Mr. Blatt, não é?

O veleiro com velas vermelhas estava cruzando o fim da baía.

— Que escolha exagerada, velas vermelhas — resmungou o Major Barry, mas a ameaça da história sobre o faquir foi evitada.

Hercule Poirot olhou com apreço para o jovem que acabara de nadar até a praia. Patrick Redfern era um belo exemplo de homem. Magro, bronzeado, com ombros largos e pernas esbeltas, havia nele certa alegria e diversão contagiantes... uma simplicidade própria que o tornava querido por todas as mulheres e pela maioria dos homens.

Mr. Redfern ficou parado na areia, sacudindo a água do corpo, e levantou a mão em uma saudação alegre para a esposa.

Ela acenou de volta, gritando:

— Venha cá, Pat.

— Estou indo.

Ele se afastou um pouco para pegar a toalha que havia deixado mais adiante.

Foi então que uma mulher passou por eles, do hotel em direção à praia.

Sua chegada teve a importância de uma entrada no palco.

Além disso, ela caminhava como se soubesse disso. Não havia nenhum acanhamento. Parecia estar muito acostumada ao efeito invariável que sua presença produzia.

Era alta e esbelta. Usava um maiô simples e branco, frente única, e cada centímetro do corpo exposto era de um belo tom uniforme de dourado. Era perfeita como uma estátua. O cabelo era de um rico castanho-arruivado flamejante, enrolando-se em cachos cheios que lhe acariciavam o pescoço. O rosto tinha aquela ligeira dureza que surge após os 40 anos, mas o efeito geral de sua presença era de juventude, de uma vitalidade soberba e triunfante. Havia uma imobilidade como a típica dos chineses em seu rosto, e os olhos azul-escuros eram ligeiramente puxados para cima. Na cabeça, usava um belo chapéu chinês de palha em um tom verde-jade.

Havia algo nela que fazia todas as outras mulheres na praia parecerem desbotadas e insignificantes. E, inevitavelmente, todos os homens presentes tiveram o olhar atraído por ela, e nela se fixaram.

Os olhos de Hercule Poirot se arregalaram, o bigode tremelicando em apreciação; o Major Barry sentou-se e seus olhos protuberantes saltaram ainda mais com empolgação; à esquerda de Poirot, o reverendo Stephen Lane respirou fundo com um pequeno silvo e ficou tenso.

O Major Barry comentou, num sussurro rouco:

— Arlena Stuart, seu nome antes de se casar com Marshall... Eu a vi em *Come and Go* antes de se aposentar dos palcos. Uma bela visão, hein?

Christine Redfern comentou, com a voz fria e lenta:

— Ela é impressionante... sim. Na minha opinião... parece uma fera!

Emily Brewster disse abruptamente:

— Você falou sobre o mal agora mesmo, Monsieur Poirot. Agora, para mim, essa mulher é uma personificação do mal! É uma pessoa má, de cabo a rabo. Por acaso sei muito sobre ela.

— Lembro-me de uma garota em Ximelá — disse o Major Barry, perdido em reminiscências. — Ela *também* tinha cabelo ruivo. Era esposa de um subalterno. Causava comoção? Eu diria que sim! Os homens enlouqueciam por ela! As mulheres, é claro, gostariam de arrancar-lhe os olhos! Ela criou problemas em mais de um lar. — O homem riu, rememorando. — O marido era um sujeito simpático e quieto. Beijava o chão em que ela pisava. Nunca viu nada... ou fingia que não via.

Stephen Lane, com voz baixa e intensa, falou:

— Essas mulheres são uma ameaça... uma ameaça a...

E parou.

Arlena Stuart tinha chegado à beira da água. Dois rapazes, pouco mais que meninos, haviam saltado e vindo ansiosamente em sua direção, e ela sorria para eles.

Os olhos dela correram para Patrick Redfern, que estava subindo pela praia.

Era, pensou Hercule Poirot, como observar a agulha de uma bússola. Patrick Redfern foi desviado, os pés mudaram de direção. A agulha, não importa o quê, deve obedecer à lei do magnetismo e voltar-se para o norte. O corpo de Patrick Redfern o levou a Arlena Stuart.

Ela estava de pé, sorrindo. Então moveu-se lentamente pela praia rente às ondas. Patrick Redfern seguiu ao seu lado. A mulher se deitou perto de uma pedra, e Redfern pôs-se na areia ao lado dela.

De repente, Christine Redfern se levantou e foi para o hotel.

V

Houve um curto silêncio desconfortável depois que a mulher saiu.

Então Emily Brewster disse:

— É uma pena. Ela é tão simpática. Os dois estão casados faz apenas um ou dois anos.

— A moça de quem eu estava falando — comentou o Major Barry —, a de Ximelá. Ela perturbou alguns casamentos realmente felizes. Uma pena, pois para quê?

— Existe certo tipo de mulher — disse Miss Brewster — que *gosta* de destruir lares. — Depois de um momento, acrescentou: — Patrick Redfern é um tolo!

Hercule Poirot se manteve em silêncio. Estava olhando para a praia, mas não para Patrick Redfern e Arlena Stuart.

— Bem, é melhor eu ir buscar meu barco — disse Miss Brewster, e os deixou.

O Major Barry voltou seus olhos mortiços com leve curiosidade para Poirot.

— Bem, Poirot — começou. — No que está pensando? Não abriu a boca. O que acha da sereia? Bem interessante, não?

Poirot respondeu:

— *C'est possible*.

— Por favor, seu velho cão. Eu conheço os franceses!

— Eu *não* sou francês! — disse Poirot, friamente.

— Bem, não me diga que não tem olhos para uma garota bonita! O que acha dela, hein?

— Ela não é jovem.

— O que isso importa? Uma mulher só é tão velha quanto sua aparência! Ela *ainda é* bem bonita.

Hercule Poirot assentiu.

— Sim, é linda. Mas não é a beleza que conta no final. Não é a beleza que faz todas as cabeças na praia, *exceto uma*, virarem para observá-la.

— É *sim*, meu caro — disse o major. — *Sim*, é isso que é... *sim*. — Então perguntou, com súbita curiosidade: — O que está encarando tão fixamente?

— Estou olhando para a exceção — respondeu Hercule Poirot. — Para o único homem que não se moveu quando ela passou.

Major Barry seguiu o olhar dele até pousar em um homem de cerca de 40 anos, louro e bronzeado. Tinha um rosto calmo e agradável e estava sentado na praia, fumando um cachimbo e lendo o *Times*.

— Ah, *ele*! — disse o major Barry. — Esse é o marido, meu caro. Marshall.

— Sim, eu sei — respondeu Poirot.

O Major Barry riu. Ele próprio era um solteirão. Estava acostumado a pensar em maridos em apenas três papéis... "o Obstáculo", "o Inconveniente" ou "o Protetor".

— Parece um bom sujeito — disse. — Quieto. Será que meu *Times* chegou?

Então se levantou e foi em direção ao hotel.

O olhar de Poirot se desviou lentamente para o rosto de Stephen Lane.

O clérigo, que observava Arlena Marshall e Patrick Redfern, virou-se de repente para Poirot. Havia uma luz severa e fanática em seus olhos.

— Aquela mulher é má de cabo a rabo. Você duvida? — perguntou.

Poirot respondeu lentamente:

— É difícil ter certeza.

— Mas, meu amigo, você não sente isso no ar? Ao seu redor? A presença do mal — questionou Stephen Lane.

Lentamente, Hercule Poirot assentiu.

Capítulo 2

Quando Rosamund Darnley veio e sentou-se ao seu lado, Hercule Poirot não fez nenhuma tentativa de disfarçar seu prazer.

Como admitiu mais tarde, o detetive admirava muitíssimo Rosamund Darnley. Gostava de sua distinção, das linhas graciosas de sua figura, do porte alerta e orgulhoso de sua cabeça. Gostava das ondas elegantes e bem-penteadas de seu cabelo escuro e da qualidade irônica de seu sorriso.

Ela usava um vestido azul-marinho com toques de branco. Parecia muito simples, devido à seriedade de seu corte. Rosamund Darnley, com sua grife Rose Mond, era uma das estilistas mais conhecidas de Londres.

— Acho que não gosto deste lugar — comentou ela. — Estou me perguntando por que vim para cá!

— Você já esteve aqui antes, *non*?

— Sim, dois anos atrás, na Páscoa. Não estava tão cheio na época.

Hercule Poirot a encarou.

— Algo a preocupa, não? — falou, com gentileza.

Ela assentiu, balançando o pé para a frente e para trás. Olhando-o, disse:

— Eu encontrei um fantasma. Foi isso.

— Um fantasma, mademoiselle?

— Sim.

— O fantasma de quê? Ou de quem?

— Ah, o fantasma de mim mesma.

— Foi doloroso? — questionou Poirot, ainda cortês.

— Inesperadamente doloroso. Isso me levou de volta, sabe... — Ela fez uma pausa, refletindo. Então continuou: — Imagine minha infância. Não, o senhor não tem como! Não é inglês!

— Foi uma infância muito inglesa? — perguntou Poirot.

— Ah, extremamente! Os campos... uma casa grande e decadente... cavalos, cachorros... caminhadas na chuva... fogueiras... maçãs no pomar... falta de dinheiro... velhos casacos de *tweed*... vestidos de festa que eram reutilizados de ano para ano... um jardim largado... com margaridas florescendo no outono...

— E gostaria de voltar? — perguntou Poirot, com delicadeza.

Rosamund Darnley fez que não com a cabeça e respondeu:

— Não se pode voltar atrás, não é? Isso... nunca. Mas eu gostaria de ter feito as coisas... de um jeito diferente.

— Eu imagino — disse o detetive belga.

Rosamund Darnley riu.

— Eu também, juro!

— Quando eu era jovem... e isso, mademoiselle, faz mesmo muito tempo... havia um jogo chamado "Se não você mesmo, quem você seria?". As respostas eram escritas nos álbuns das moças. Tinham bordas douradas e eram encadernados em couro azul. A pergunta, mademoiselle, definitivamente não tem resposta fácil.

— Não... Acho que não. Seria um grande risco. Não seria bom assumir o papel de Mussolini ou da Princesa Elizabeth. Quanto aos amigos, sabe-se demais a respeito deles. Lembro-me de certa vez ter conhecido um casal encantador. Eram tão educados e charmosos um com o outro, e pareciam estar em tão bons termos mesmo depois de anos de casamento, que eu invejei a mulher. Teria trocado de lugar com ela de bom grado. Alguém me disse depois que, em particular, eles não se falavam havia onze anos! — contou Rosamund, e riu. — Isso prova, não é, que nunca se sabe?

Depois de um momento ou dois, Poirot comentou:

— Muitas pessoas, mademoiselle, devem invejá-la.

— Ah, sim. Naturalmente — respondeu, com frieza.

Ela pensou sobre isso, os lábios curvados para cima em um sorriso irônico.

— Sim, eu realmente sou o exemplo perfeito de mulher bem-sucedida! Gosto da satisfação de ser uma artista criativa de sucesso, realmente gosto de desenhar roupas, e também aprecio a satisfação financeira de ser uma mulher de negócios. Tenho dinheiro, uma boa figura, um rosto aceitável e uma língua não muito maliciosa. — Ela fez uma pausa e seu sorriso se alargou. — Claro... Não tenho marido! Falhei nisso, não é, Monsieur Poirot?

— Mademoiselle, se não é casada, é porque nenhum homem foi suficientemente eloquente. É por escolha, não por necessidade, que assim permanece — retrucou Poirot, galantemente.

— E, no entanto, como todos os homens, tenho certeza de que você acredita lá no fundo que nenhuma mulher está satisfeita a menos que seja casada e tenha filhos.

O detetive deu de ombros.

— Casar e ter filhos, esse é o destino comum das mulheres. Apenas uma mulher em cem... mais, em mil... pode fazer para si um nome e uma posição como a senhorita fez.

Rosamund sorriu.

— E ainda assim, de qualquer forma, não passo de uma velha solteirona miserável! É como me sinto hoje, de qualquer forma. Ficaria mais feliz tendo dois *pence* por ano e um marido grande, bruto e mudo, junto de uma ninhada de pirralhos presos às minhas saias. É verdade, não é?

Poirot deu de ombros mais uma vez.

— Já que assim diz, então, sim, mademoiselle.

Rosamund riu e seu equilíbrio foi subitamente restaurado. Ela pegou um cigarro, acendeu-o e depois disse:

— Você decerto sabe como lidar com mulheres, Monsieur Poirot. Agora sinto vontade de assumir o ponto de vista oposto e discutir com você a favor de mulheres que têm uma carreira. Claro que estou muito bem do jeito que estou… e sei disso!

— Então tudo no gramado… ou deveríamos dizer, na praia, são flores, mademoiselle.

— Exatamente.

Poirot, por sua vez, pegou a cigarreira e acendeu um daqueles cigarrinhos pequenos que adorava fumar. Olhando para a névoa ascendente com um olhar interrogativo, murmurou:

— Então, Mr.… quero dizer, Capitão Marshall é antigo amigo seu, mademoiselle?

Rosamund sentou-se e disse:

— Agora, como sabe disso? Ah, suponho que Ken tenha lhe contado.

Poirot balançou a cabeça.

— Ninguém me disse nada. Afinal, mademoiselle, sou um detetive. Era a conclusão óbvia a se chegar.

— Não imagino como.

— Mas pense! — As mãos do homenzinho eram eloquentes. — A senhorita está aqui há uma semana. Está animada, alegre, sem preocupações. Hoje, de repente, fala de fantasmas, dos velhos tempos. O que aconteceu? Por vários dias não houve nenhum novo hóspede, até a noite passada, quando o Capitão Marshall chegou com a mulher e a filha. Hoje, a mudança! É óbvio!

— Bem, é verdade — disse Rosamund. — Kenneth Marshall e eu crescemos juntos, mais ou menos. Os Marshall eram nossos vizinhos. Ken sempre foi gentil comigo… apesar de condescendente, é claro, já que era quatro anos mais velho. Não o vejo há muito tempo. Deve fazer… quinze anos, pelo menos.

— Muito tempo — refletiu Poirot.

Rosamund assentiu. Uma pausa, e então Hercule Poirot questionou:

— Ele é simpático, não é?

Ela concordou, calorosamente:

— Ken é um querido. Um dos melhores. Muito quieto e reservado. Eu diria que seu único defeito é uma *propensão* a ter casamentos infelizes.

Poirot soltou, em tom de grande compreensão:

— Ah...

— Kenneth é um tolo... um completo tolo no que diz respeito a mulheres! — continuou Rosamund Darnley. — Você se lembra do caso Martingdale?

Poirot franziu a testa.

— Martingdale? Martingdale? Arsênico, não foi?

— Sim. Dezessete ou dezoito anos atrás. A mulher foi julgada pelo assassinato do marido.

— Foi provado que ele consumia arsênico, e a moça foi absolvida?

— Isso mesmo. Bem, depois da absolvição da mulher, Ken se casou com ela. Esse é o tipo de coisa tola que ele faz.

— Mas e se ela fosse inocente? — murmurou.

— Ah, ouso dizer que *era* — falou Rosamund Darnley impacientemente. — Ninguém sabe ao certo! Mas há muitas mulheres por aí com quem se pode casar sem precisar ir atrás de uma que foi julgada por assassinato.

Poirot não disse nada. Talvez soubesse que, se ficasse em silêncio, a mulher continuaria. Ela assim o fez.

— Ele era muito jovem, claro, tinha apenas 21 anos. Era louco por ela. Ela morreu quando Linda nasceu... um ano depois do casamento. Acredito que Ken tenha ficado terrivelmente abalado com sua morte. Depois disso, circulou muito por aí... tentando esquecer, acho. — Ela fez uma pausa. — E então surgiu essa história com Arlena Stuart. Ela fazia teatro de revista na época. Houve o caso do divórcio de Codrington. Lady Codrington pediu o divórcio, citando Arlena Stuart como a causa. Dizem que Lorde Codrington estava completamente apaixonado por ela. Ficou subentendido que os dois se casariam assim que o divórcio fosse finalizado. Quando chegou a hora, Lorde Codrington não se casou com Arlena. Rejeitou-a categoricamente. Acredito que ela chegou a processá-lo por quebra de promessa. De qualquer forma, a coisa causou um grande rebuliço na época. Aí, logo a seguir... Ken vai e se casa com ela. Um tolo... um tolo completo!

— Há que se perdoar um homem por tal loucura... Ela é linda, mademoiselle — murmurou Hercule Poirot.

— Sim, não há dúvidas disso. Houve outro escândalo há cerca de três anos. O velho Sir Roger Erskine deixou todo o seu dinheiro, cada centavo, para ela. Pensei que isso teria aberto os olhos de Ken, se alguma coisa seria capaz de fazê-lo.

— E não foi isso que aconteceu?

Rosamund Darnley encolheu os ombros.

— Como comentei, não o vejo há anos. Dizem, no entanto, que ele levou isso com absoluta compostura. Por que, é o que eu gostaria de saber. Ele tem uma fé absolutamente cega nela?

— Pode haver outros motivos.

— Sim. Orgulho! Manter as aparências! Não sei o que ele realmente sente por ela. Ninguém sabe.

— E ela? O que sente por ele?

Rosamund o encarou e respondeu:

— Ela? Ela é a maior interesseira que já vi! E uma mulher do mundo, além de tudo! Se um par de calças mais extrovertido chega a cem metros dela, Arlena considera carne fresca! Ela é desse tipo.

Poirot assentiu lentamente com a cabeça em total concordância.

— Sim — disse ele. — É verdade o que diz... Os olhos dela parecem buscar por uma coisa só... homens.

— Agora ela está de olho em Patrick Redfern. É um homem bonito, do tipo descomplicado... Sabe, que gosta da esposa e não é mulherengo. Esse é o tipo de que Arlena mais gosta. Eu gosto da pequena Mrs. Redfern, é bonita do seu jeito desbotado... mas não acho que terá a mínima chance contra aquela tigresa devoradora de homens.

— Não, é como você diz — concordou Poirot, parecendo aflito.

— Christine Redfern era professora, acredito. É do tipo que acha que a mente tem poder sobre a matéria. Está prestes a levar um choque e tanto.

Poirot balançou a cabeça, chateado. Rosamund se levantou e disse:

— É uma pena, sabia? — Então acrescentou vagamente: — Alguém deveria fazer algo a respeito.

II

Linda Marshall examinava desencantada seu rosto no espelho do quarto. Ela detestava o próprio rosto. Naquele minuto, parecia-lhe composto basicamente de ossos e sardas. Notou com desgosto os espessos cabelos castanho-claros (cor de burro quando foge, como chamava mentalmente), os olhos verde-acinzentados, as maçãs do rosto altas e o queixo comprido e agressivo. A boca e os dentes talvez não fossem tão ruins... mas de que serviam dentes, afinal? E aquilo ali era uma espinha, surgindo na lateral do nariz?

Ela decidiu com alívio que não era uma espinha e pensou consigo mesma: "É horrível ter 16 anos... simplesmente *horrível*."

Não sabia, de forma alguma, onde se encaixar. Linda era tão desajeitada como um potrinho e tão espinhosa como um ouriço. Passava o tempo todo consciente de sua falta de jeito e do fato de que não era nem uma coisa nem outra. Enquanto estava na escola as coisas não tinham sido tão ruins. Mas agora ela se formara. Ninguém parecia saber muito bem o que ela faria a seguir. Seu pai falava palavras vagas sobre mandá-la a Paris no próximo inverno. Linda não queria ir a Paris... mas também não queria ficar em casa. De alguma forma, ela nunca tinha percebido de verdade, até então, o quanto desgostava de Arlena.

O rosto jovem de Linda ficou tenso, seus olhos verdes endureceram.

Arlena...

Ela pensou consigo mesma: "Ela é uma fera... uma *fera*..."

Madrastas! Era horrível ter uma madrasta, todo mundo dizia isso. E era verdade! Não que Arlena fosse cruel com ela. Na maioria das vezes, mal notava a garota. Mas, quando notava, havia uma diversão desdenhosa em seu olhar e em suas palavras. A graça e a postura madura dos movimentos de Arlena enfatizavam a própria falta de jeito adolescente de Linda. Com a mulher por perto, ela sentia vergonha da própria imaturidade e inexperiência.

Mas não era só isso. Não, não era só isso.

Linda tateou com hesitação nos confins da mente. Ela não era muito boa em organizar suas emoções e rotulá-las. Era algo que Arlena *fazia* com as pessoas... com a casa... "Ela é má", pensou Linda decididamente. "Ela é muito, muito má."

Mas Linda não podia nem deixar por isso mesmo. Não podia simplesmente erguer o nariz com um suspiro de superioridade moral e dispensá-la de seus pensamentos.

Era algo que Arlena fazia com as pessoas. Seu pai, por outro lado, seu pai era bem diferente...

Linda questionou-se sobre isso. O pai vindo tirá-la da escola. Levando-a uma vez para um cruzeiro. E o pai em casa... com Arlena lá. Tudo... tudo meio reprimido e não... e não *ali de fato*.

"E vai continuar assim. Dia após dia... mês após mês. Não consigo suportar", pensou Linda.

A vida se estendia diante dela, sem fim, em uma série de dias entristecidos e envenenados pela presença de Arlena. Linda ainda era infantil o suficiente para ter pouco senso de proporção. Um ano, para ela, parecia uma eternidade.

Uma grande onda sombria e ardente de ódio contra Arlena surgiu em sua mente.

"Eu gostaria de matá-la. Ah! Como eu queria que ela morresse...", pensou.

Linda olhou por cima do espelho para o mar lá embaixo.

O lugar era realmente muito divertido. Ou poderia ser. Todas aquelas praias e enseadas e caminhozinhos estranhos. Muita coisa para explorar. E lugares onde se podia ir sozinha e passar o tempo. Havia cavernas também, os meninos dos Cowan tinham lhe contado.

"Se ao menos Arlena fosse embora, eu poderia me divertir", refletiu.

Sua mente voltou-se para a noite da chegada. Tinha sido empolgante vir do continente. A maré estava alta sob a ponte. Eles tinham vindo de barco. O hotel parecia animador, incomum. Então, no terraço, uma mulher alta de cabelos escuros ficou de pé num pulo e exclamou:

— Ora, Kenneth!

E o pai, parecendo terrivelmente surpreso, cumprimentou-a:

— Rosamund!

Linda considerou Rosamund Darnley à maneira severa e criticamente hostil da juventude.

Decidiu que gostava de Rosamund. Ela, pensou Linda, era sensata. E seu cabelo era bonito, lhe caía bem... O cabelo da maioria das pessoas não lhes cai bem. E suas roupas eram boas. Rosamund tinha uma cara meio engraçada e divertida... como se estivesse divertindo-se consigo mesma, não como se estivesse rindo de você. Foi simpática. Não foi exagerada nem falou *coisas*. (Sob o termo de "falar coisas" Linda agrupava uma variedade de desgostos diversos.) E não parecia achar Linda burra. Na verdade, a tratava como se fosse um ser humano de verdade. Eram tão raras as vezes em que Linda se sentia um ser humano de verdade que ficava profundamente grata quando outra pessoa parecia considerá-la um.

O pai também parecera satisfeito ao ver Miss Darnley.

Engraçado, ele ficara muito diferente, de repente. O homem tinha um ar... Linda quebrou a cabeça... ora, *jovem*, era isso! Ele riu, uma risada estranha de menino. Agora que pensava nisso, raramente ouvia o pai rir.

Estava confusa. Era como se tivesse vislumbrado uma pessoa bem diferente. Ela pensou:

"Imagino como meu pai era quando tinha a minha idade..."

Mas isso era muito difícil. Ela desistiu.

Uma ideia passou por sua mente.

Como teria sido divertido se eles tivessem viajado e encontrado Miss Darnley ali... Só ela e o pai.

Uma visão se descortinou por apenas um segundo. O pai, infantil e risonho, Miss Darnley, Linda... e toda a diversão da ilha... banhos de mar... cavernas...

Uma sombra cobriu sua imaginação novamente.

Arlena. Não era possível se divertir com Arlena por perto. Por que não? Bem, Linda pelo menos não conseguia, de qualquer maneira. Não podia ser feliz quando havia uma pessoa ali que ela... odiava. Sim, odiava. Ela odiava Arlena.

Muito lentamente, aquela onda sombria e ardente de ódio ressurgiu.

O rosto de Linda ficou muito pálido. Seus lábios se separaram um pouco. Suas pupilas se contraíram. E seus dedos enrijeceram e se cerraram...

III

Kenneth Marshall bateu à porta da esposa. Quando ouviu a voz dela lá de dentro, ele abriu a porta e entrou.

Arlena estava apenas dando os retoques finais na maquiagem. Usava um vestido verde cheio de brilhos e lembrava uma sereia. Estava parada na frente do espelho, aplicando máscara de cílios, e disse:

— Ah, é você, Ken.

— Sim. Eu queria saber se você estava pronta.

— Só um minuto.

Kenneth Marshall foi até a janela e olhou para o mar. Seu rosto, como de costume, não demonstrava emoção alguma, de qualquer tipo. Era agradável e comum. Virando-se, ele chamou:

— Arlena?

— Sim?

— Você já havia encontrado Redfern, pelo que entendi?

— Ah sim, querido. Em um coquetel em algum lugar. Eu o achei muito simpático — respondeu, com tranquilidade.

— Foi o que entendi. Você sabia que ele e a esposa estavam vindo para cá?

Arlena arregalou os olhos.

— Ah, não, querido. Foi uma *grande* surpresa!

— Pensei, talvez, que tivesse sido este fato que colocou a ideia deste lugar na sua cabeça — disse Kenneth Marshall em um tom baixo. — Você estava muito interessada em que viéssemos para cá.

Arlena largou a maquiagem e virou-se para o marido. Sorriu... um sorriso suave e sedutor, então disse:

— Alguém comentou comigo sobre este lugar. Acho que foram os Ryland. Disseram que era simplesmente maravilhoso... tão intocado! Não gostou?

— Não tenho certeza — respondeu.

— Ah, querido, mas você adora tomar banho de mar e ficar de preguiça no sol. Tenho certeza de que vai simplesmente adorar isso aqui.

— Vejo que você tem a intenção se divertir.

Os olhos dela se arregalaram um pouco. Arlena o encarou, incerta.

— Suponho que no fim foi você quem disse ao jovem Redfern que viria para cá? — questionou Mr. Marshall.

— Kenneth, querido, você não vai agir de maneira tão horrível, vai?

— Olha aqui, Arlena — retrucou Kenneth Marshall. — Eu sei como você é. Eles são um casal tão jovem e simpático. O rapaz gosta da esposa, de verdade. Você precisa mesmo atrapalhar tudo?

— É tão injusto colocar a culpa em mim! — reclamou. — Eu não fiz nada... nada mesmo. Não tenho culpa se...

Ele a incitou.

— Se o quê?

Arlena bateu os cílios.

— Bem, claro. Eu sei que os homens ficam loucos por mim. Mas não é culpa minha. Eles simplesmente ficam assim.

— Então você admite que o jovem Redfern é louco por você?

— É realmente muito bobo da parte dele — murmurou Arlena, e deu um passo em direção ao marido. — Mas você sabe, não é, Ken, que eu não me importo com mais ninguém além de você?

Ela olhou para ele por debaixo dos cílios escuros.

Era um olhar maravilhoso... um olhar ao qual poucos homens poderiam resistir. Kenneth Marshall a olhou com toda a seriedade. Seu rosto estava imóvel. A voz calma.

— Acho que a conheço muito bem, Arlena...

IV

Ao sair do hotel pelo lado sul, os pátios e a praia de banhistas ficavam imediatamente à frente. Havia também um caminho que dava a volta no penhasco no lado sudoeste da ilha. Um pouco mais adiante, uma escadaria levava a uma série de recessos cortados na face da pedra, rotulados no mapa do hotel como Rochedo do Sol. Ali, nessas alcovas, havia nichos com assentos.

Imediatamente após o jantar, Patrick Redfern e a esposa foram para um deles. A noite estava linda e clara, com uma lua brilhante.

Os Redfern sentaram-se. Por um tempo ficaram em silêncio. Por fim, Patrick Redfern comentou:

— Que noite gloriosa, não é, Christine?

— Sim.

Algo na voz dela o deixou desconfortável. Patrick ajeitou-se no assento sem encará-la.

Christine Redfern perguntou em voz baixa:

— Você sabia que aquela mulher estaria aqui?

Ele se virou bruscamente e retrucou:

— Não sei do que você está falando.

— Acho que sabe.

— Veja bem, Christine. Não sei o que deu em você...

Ela o interrompeu. Sua voz tremia, cheia de sentimento.

— Em *mim*? O que deu em *você*!

— Não deu nada em mim.

— Ah, Patrick! *Por favor*! Você insistiu tanto para virmos para cá. Foi tão veemente. Eu queria visitar Tintagel de novo, onde... onde passamos nossa lua de mel. Você estava decidido a vir para cá.

— Bem, por que não? É um lugar fascinante.

— Talvez. Mas você queria vir aqui porque *ela* estaria aqui.

— Ela? Quem é ela?

— Mrs. Marshall. Você… você está apaixonado por ela.

— Pelo amor de Deus, Christine, não faça papel de boba. Não é do seu feitio ter ciúme.

A irritação de Patrick soou um pouco exagerada e duvidosa.

— Estávamos tão felizes.

— Felizes? Claro que estávamos felizes! *Estamos* felizes. Mas não continuaremos assim se eu não puder nem falar com outra mulher sem que você comece uma confusão.

— Não é bem assim.

— É, sim. No casamento, é preciso ter, bem… amizades com outras pessoas. Essa atitude desconfiada é muito errada. Eu… eu não posso falar com uma mulher bonita sem que você chegue à conclusão de que estou apaixonado por ela…

Ele se interrompeu e deu de ombros.

— Você *está* apaixonado por ela… — concluiu a mulher.

— Ah, não seja tola, Christine! Eu… Eu mal falei com ela.

— Isso não é verdade.

— Pelo amor de Deus, não crie o hábito de ficar com ciúme de toda mulher bonita que encontrarmos.

— Ela não é uma mulher bonita qualquer! — disse Christine Redfern. — Ela é… ela é *diferente*! É uma pessoa má! Sim, é, sim. Ela vai te fazer mal. Patrick, por favor, *pare*. Vamos embora daqui.

Patrick Redfern levantou o queixo em uma atitude obstinada. Pareceu, de alguma forma, muito jovem quando disse em tom de desafio:

— Não seja ridícula, Christine. E… não vamos brigar por isso.

— Não quero brigar.

— Então se comporte como um ser humano razoável. Venha, vamos voltar para o hotel.

Ele se levantou. Houve uma pausa, então Christine Redfern fez o mesmo.

— Muito bem... — concordou ela.

Na alcova ao lado, Hercule Poirot estava sentado e balançava a cabeça com tristeza.

Algumas pessoas poderiam ter se afastado escrupulosamente daquela conversa particular. Mas não Hercule Poirot. Ele não tinha escrúpulos desse gênero.

— Além disso — explicou ao amigo Hastings mais tarde —, era uma questão de assassinato.

O outro o questionou, encarando-o fixamente:

— Mas o assassinato ainda não tinha acontecido.

Hercule Poirot suspirou e explicou:

— Mas já estava, *mon cher*, muito claramente indicado.

— Então por que você não o impediu?

E Hercule Poirot, com um suspiro, disse, como já dissera uma vez no Egito, que se uma pessoa está determinada a cometer um assassinato, não é fácil impedi-la. Ele não se culpa pelo que aconteceu. Era, segundo Poirot, inevitável.

Capítulo 3

Rosamund Darnley e Kenneth Marshall estavam sentados na pequena área gramada do penhasco que dava vista para a Enseada da Gaivota, no lado leste da ilha. As pessoas às vezes iam mergulhar lá de manhã quando queriam um pouco de paz.

— É bom ficar longe das pessoas — disse Rosamund.

Marshall respondeu, em um murmúrio inaudível:

— Hum... é.

Ele rolou de barriga para baixo e cheirou a grama curta.

— Que cheiro gostoso. Lembra-se das colinas em Shipley?

— Claro.

— Uma beleza, aquela época.

— Realmente.

— Você não mudou muito, Rosamund.

— Mudei, sim. Mudei muitíssimo.

— Você é muito bem-sucedida, rica e tudo mais, mas continua a mesma velha Rosamund.

— Exatamente como eu queria — murmurou ela.

— O que quer dizer?

— Nada. É uma pena, não é, Kenneth, que não possamos manter a boa natureza e os ideais elevados que tínhamos quando éramos jovens?

— Não sei se sua natureza já foi particularmente boa, minha cara. Você costumava ter os mais assustadores ataques de fúria. Quase me sufocou uma vez em um de seus acessos de raiva.

Rosamund riu e perguntou:

— Você se lembra do dia em que levamos Toby para caçar ratos d'água?

Eles passaram alguns minutos relembrando velhas aventuras. Então houve uma pausa.

Os dedos de Rosamund brincaram com o fecho da bolsa, até que, enfim, ela disse:

— Kenneth?

— Hum. — Sua resposta foi indistinta.

Ele ainda estava deitado de bruços na grama.

— Se eu lhe disser algo que talvez seja escandalosamente impertinente, você vai parar de falar comigo?

Kenneth virou-se e sentou.

— Não — começou ele, com toda a seriedade —, não acho que eu consideraria impertinente qualquer coisa vinda de você. Veja bem, você *pertence*.

Rosamund assentiu, aceitando tudo o que a última frase significava. Escondeu apenas o prazer que isso lhe trazia.

— Kenneth, por que você não se divorcia da sua esposa?

O rosto dele se alterou. Endureceu... a expressão feliz desapareceu. Kenneth tirou um cachimbo do bolso e começou a enchê-lo.

— Peço desculpas se causei ofensa — disse Rosamund.

— Você não me ofendeu — garantiu Kenneth calmamente.

— Então, por que não o faz?

— Você não entende, minha querida.

— Você... gosta tanto assim dela?

— Não é só essa a questão. Veja, eu me casei com ela.

— Eu sei. Mas ela... se faz notar.

Kenneth pensou nisso por um momento, assentando o tabaco com cuidado.

— Ela faz? Suponho que sim.

— Você *pode* se divorciar dela, Ken.

— Minha querida, você não tem o direito de dizer uma coisa dessas. Só porque os homens perdem a cabeça por causa dela, não quer dizer que ela faça o mesmo.

Rosamund engoliu uma réplica.

— Você poderia dar um jeito de fazê-la se divorciar de você... se preferir assim.

— Ouso dizer que poderia.

— Deveria, Ken. É verdade, eu falo sério. E ainda há a menina.

— Linda?

— Sim, Linda.

— O que Linda tem a ver com isso?

— Arlena não é boa para Linda. Não é, de verdade. Linda, eu acho, *sente* as coisas com muita intensidade.

Kenneth Marshall aproximou um fósforo do cachimbo.

— Sim... há algo aí — disse, entre tragadas. — Imagino que Arlena e Linda não se deem muito bem. Talvez não seja a coisa certa para uma jovem, realmente. É um pouco preocupante.

— Gosto muito da Linda. Há algo de bom nela — comentou Rosamund.

— Ela é como a mãe. Leva tudo muito a sério, como Ruth levava.

— Então, você não acha... realmente... que deveria se livrar de Arlena?

— Arranjar um divórcio?

— Sim. As pessoas fazem isso o tempo todo.

Kenneth Marshall retrucou, com repentina veemência:

— Sim, e é exatamente isso que odeio.

— Odeia?

Rosamund ficou assustada.

— Sim. Esse tipo de atitude em relação à vida que existe hoje em dia. Se você assume algo e não gosta, então livra-se daquilo o mais rápido possível! Minha nossa, é preciso que haja alguma boa-fé. Se um homem se casa com uma mulher e se compromete a cuidar dela, bem, ele deve fazer isso. É sua responsabilidade assumida. Estou cansado desses casamentos rápidos e divórcios fáceis. Arlena é minha esposa, e ponto final.

Rosamund se inclinou para a frente e perguntou em voz baixa:

— Então é assim com você? "Até que a morte os separe"?

Kenneth Marshall assentiu e concordou:

— É exatamente assim.

— Entendo — respondeu Rosamund.

II

Mr. Horace Blatt, retornando para Baía de Leathercombe por uma estrada estreita e sinuosa, quase atropelou Mrs. Redfern em uma esquina.

Quando ela se encolheu contra a cerca viva, Mr. Blatt parou seu Sunbeam com uma freada vigorosa.

— Olá! — cumprimentou o homem, alegremente.

Ele era grande, com o rosto afogueado e uma franja de cabelo ruivo ao redor de uma careca brilhante.

Aparentemente, Mr. Blatt almejava ser o centro das atenções em qualquer lugar em que estivesse. O Hotel Jolly Roger, em sua opinião, dada em tom de voz um tanto alto, precisava de animação. Ficava intrigado com a forma como as pessoas pareciam derreter e desaparecer quando ele próprio chegava à cena.

— Quase transformei você em geleia de morango, não foi? — perguntou Mr. Blatt, bem-humorado.

— É verdade — respondeu Christine Redfern.

— Entre — chamou Mr. Blatt.

— Ah, obrigada... Acho que vou andando.

— Bobagem. Para que serve um carro?

Cedendo à necessidade, Christine entrou. Mr. Blatt ligou novamente o motor, que havia morrido devido à rapidez com que parara antes.

— E o que está fazendo andando por aí sozinha? — perguntou ele. — Uma garota bonita como você; isso não lhe cai bem.

— Ah! Eu gosto de ficar sozinha — retrucou Christine, às pressas.

Mr. Blatt deu-lhe uma forte cotovelada, quase jogando o carro na cerca viva ao mesmo tempo.

— As garotas sempre dizem isso — comentou. — Mas não falam sério. Sabe, aquele lugar, o Jolly Roger, precisa de um pouco de agito. Não tem alegria. Não tem *vida*. Obviamente, uma boa quantidade de chatos fica hospedado lá. Muitas crianças, para começar, e muitos velhotes também. Tem aquele velho anglo-indiano tedioso, e aquele pároco fortão, e os americanos tagarelas, e aquele estrangeiro com bigode... Faz-me rir, aquele bigode! Eu diria que é cabeleireiro ou algo assim.

Christine fez que não com a cabeça.

— Ah, não, ele é detetive.

Mr. Blatt quase deixou o carro bater na cerca outra vez.

— Um detetive? Quer dizer que ele está *disfarçado*?

Ela sorriu levemente.

— Ah, não, ele é mesmo daquele jeito. Chama-se Hercule Poirot. O senhor já deve ter ouvido falar dele.

— Não tinha entendido o nome dele direito — Mr. Blatt disse. — Ah sim, já *ouvi* falar dele. Mas pensei que estivesse morto... Ora, *já era* para estar morto, sim. O que está querendo aqui?

— Ele não está querendo nada... só está de férias.

— Bem, suponho que pode ser isso. — Mr. Blatt parecia duvidar. — Parece um pouco pretensioso, não é?

— Ah... — começou Christine, então hesitou. — Talvez um pouco peculiar.

— Na minha opinião — disse Mr. Blatt —, nada melhor do que a Scotland Yard. Grã-Bretanha acima de tudo para mim!

Ele chegou ao sopé da colina e, com uma fanfarra triunfante da buzina, dirigiu até a garagem do Jolly Roger, que ficava, por conta da maré, no continente.

III

Linda Marshall estava na lojinha que atendia às necessidades dos hóspedes da Baía de Leathercombe. Uma das paredes do lugar tinha prateleiras dedicadas a livros que podiam ser alugados por dois *pence*. O mais novo dos títulos era de dez anos antes; alguns tinham mais de duas décadas e havia outros ainda mais antigos.

Linda pegou um da prateleira, depois outro, e olhou para ele desconfiadamente. Decidiu que não conseguiria ler *As quatro penas* nem *Vice-Versa*. Escolheu então um volume pequeno e atarracado em couro marrom-claro.

O tempo passou...

— O que está lendo, Linda?

Com um sobressalto, Linda empurrou o livro de volta para a prateleira quando ouviu a voz de Christine Redfern.

— Nada. Estou procurando um livro — respondeu ela, às pressas.

Ela pegou *O casamento de William Ashe* aleatoriamente e foi até o balcão, procurando a moeda de dois *pence*.

— Mr. Blatt acabou de me dar uma carona... depois de quase me atropelar — comentou Christine. — Eu realmente senti que não teria como atravessar a ponte inteira com ele, então disse que precisava fazer umas compras.

— Ele é horrível, não é? — disse Linda. — Sempre dizendo o quanto é rico e fazendo as piores piadas.

— Pobre homem. Chega a dar pena.

Linda não concordava. Ela não via nada digno de pena em Mr. Blatt. Ela era jovem e impiedosa.

Então se retirou da loja com Christine Redfern e as duas seguiram em direção à ponte.

Estava ocupada com os próprios pensamentos. Gostava de Christine. Ela e Rosamund Darnley eram as únicas pessoas suportáveis na ilha, na opinião da jovem. Nenhuma delas falava muito com ela, para começar. Mesmo enquanto caminhavam, Christine ficou em silêncio. Isso, Linda pensou, era sensato. Se você não tinha nada que valesse a pena dizer, por que ficar tagarelando o tempo todo?

Ela se perdeu nas próprias perplexidades e disse de repente:

— Mrs. Redfern, você já sentiu que tudo é tão horrível... tão terrível... que você... ah, seria capaz de *explodir*...?

As palavras eram quase cômicas, mas o rosto de Linda, abatido e ansioso, não. Olhando para a moça, a princípio vagamente, com olhos que pouco compreensíveis, Christine sem dúvida não viu nada para rir...

Ela prendeu a respiração e respondeu:

— Sim... sim... eu já senti... exatamente isso...

IV

— Então você é o famoso detetive, hein? — questionou Mr. Blatt.

Estavam no bar, um dos lugares favoritos de Mr. Blatt.

Hercule Poirot assentiu à pergunta com sua habitual falta de modéstia.

— E o que você está fazendo aqui no sul... algum trabalho?

— Não, não. Vim descansar. Férias.

Mr. Blatt piscou, desconfiado.

— Você diria isso de qualquer maneira, não é?

— Não necessariamente — respondeu Poirot.

— Ah! Por favor — insistiu Horace Blatt. — Sendo sincero, você estaria bastante seguro conversando *comigo*. *Eu* não repito tudo o que ouço por aí! Aprendi a manter a boca fechada anos atrás. Não teria seguido o caminho que segui se não fizesse isso. Mas você sabe como a maioria das pessoas é... fala, fala, fala sem parar, sobre tudo o que ouvem! Agora, você não pode aceitar essas coisas no seu ramo de negócios! É por isso que tem que continuar dizendo que está aqui de férias e nada mais.

— E por que monsieur deveria supor o contrário? — perguntou Poirot.

Mr. Blatt deu uma piscadela.

— Sou um homem do mundo. Conheço o estilo de vida das pessoas. Um sujeito como você estaria em Deauville ou Le Touquet ou em Juan les Pins. É lá que é seu... como se diz... lar espiritual.

Poirot suspirou, olhando pela janela. A chuva caía e a névoa cercava a ilha.

— É possível que monsieur esteja certo! Lá, pelo menos, há distrações mesmo no tempo chuvoso.

— O bom e velho cassino! — exclamou Mr. Blatt. — Sabe, eu tive que trabalhar muito a maior parte da vida. Não tive tempo para férias ou viagens. Eu queria me dar bem e consegui. Agora posso fazer o que quiser. Meu dinheiro é tão bom como o de qualquer ricaço. Vi um pouco do mundo nos últimos anos, isso posso lhe dizer.

— Ah, *oui*? — murmurou Poirot.

— Não sei por que vim para cá — continuou Mr. Blatt.

— Eu pensei o mesmo.

— Como é?

Poirot acenou com a mão de forma eloquente.

— Eu também não sou desprovido de capacidade de observação. Seria de se imaginar que *o senhor* escolhesse Deauville ou Biarritz, certamente.

— Em vez disso, cá estamos os dois, hein?

Mr. Blatt deu uma risada rouca.

— Não sei bem por que vim — refletiu ele. — Acho que, sabe, me pareceu *romântico*. Todo o papo de piratas: Hotel Jolly Roger, Ilha do Tratante. Esse tipo de coisa anima um homem, sabe. Faz pensar nas épocas de menino. Pirataria, contrabando, tudo isso.

Ele riu, um tanto constrangido.

— Eu costumava velejar bastante quando era garoto. Não nesta parte do mundo. Na costa leste da Inglaterra. Engraçado como o gosto por esse tipo de coisa nunca te abandona. Eu poderia ter um iate de primeira se quisesse, mas de alguma forma a ideia não me atrai muito. Gosto de me divertir no meu barquinho. Redfern gosta de velejar também. Saiu comigo uma ou duas vezes. Não consigo mais falar com ele... sempre rondando a esposa ruiva de Marshall. — O homem fez uma pausa, depois baixou a voz e continuou: — A maioria das mulheres deste hotel é puro osso! Ela é a única com alguma carne! Acho que Marshall está bem ocupado de olho nela. Todo tipo de história sobre seus dias de palco... *e fora dele!* Os homens ficam loucos por ela. Você vai ver, haverá problemas qualquer dia desses.

— Que tipo de problema? — perguntou Poirot.

— Depende — respondeu Horace Blatt. — Eu diria, olhando para Marshall, que é um homem com um tipo curioso de temperamento. Na verdade, eu sei que é. Ouvi histórias sobre ele. Conheço esse tipo quieto. Nunca se sabe em que pé se está com esses sujeitos. É melhor Redfern tomar cuidado...

Ele parou quando o assunto da conversa chegou ao bar. Horace Blatt continuou falando em voz alta, constrangido.

— Então, como eu dizia, navegar nesta área é muito divertido. Alô, Redfern, quer beber uma comigo? O que quer? Dry Martini? Certo. E você, Monsieur Poirot?

O detetive belga balançou a cabeça em negativa.

Patrick Redfern sentou-se e disse:

— Velejar? É a maior diversão do mundo. Gostaria de poder fazer mais. Costumava passar a maior parte do tempo, quando menino, em um bote à vela por este litoral.

— Então o senhor conhece bem essa parte do mundo? — perguntou Poirot.

— E como! Já conhecia esta ilha antes do hotel. Havia apenas algumas cabanas de pescador na Baía de Leathercombe, além de um casarão velho e decadente, todo fechado.

— Havia uma casa aqui?

— Ah, sim, mas já não era habitada havia anos. Estava caindo aos pedaços. Havia todo tipo de história sobre passagens secretas da casa para a Caverna do Duende. Nós sempre estávamos procurando por ela, eu me lembro.

Horace Blatt derramou sua bebida. Ele soltou um palavrão, se enxugou e perguntou:

— O que é essa Caverna do Duende?

— Ah, você não conhece? — perguntou Patrick. — Fica na Enseada do Duende. Não dá para encontrar a entrada facilmente. Fica entre várias pedras empilhadas em uma das pontas. Não passa de uma fenda longa e estreita. Dá para passar por ela e lá dentro a passagem se alarga e vira uma caverna bem grande. Você pode imaginar como era divertido para um garoto! Um velho pescador me mostrou. Hoje em dia, nem os homens do mar sabem. Perguntei a um deles outro dia por que o lugar se chamava Enseada do Duende e ele não sabia a resposta.

— Mas ainda não compreendo. O que é isso, *duende*? — questionou Poirot.

— Ah! Isso é coisa bem típica daqui de Devonshire — explicou Redfern. — Tem outra caverna do duende em Sheepstor on the Moor. Deve-se deixar um alfinete lá, sabe, como um presente para o duende. É um tipo de espírito das charnecas.

— Ah! Mas que interessante — respondeu Poirot.

— Ainda há muita tradição sobre esses duendes em Dartmoor — continuou o outro. — Existem montanhas que dizem ser dominadas por duendes, e imagino que os fazendeiros que voltam para casa depois de uma noite sem luar ainda reclamem de terem seus caminhos confundidos por eles.

— Você quer dizer depois de beberem um pouco além da conta, é? — perguntou Blatt.

Patrick Redfern concordou com um sorriso.

— Essa é certamente a explicação do senso comum!

— Vou jantar — disse Blatt, após olhar para o relógio. — No geral, Redfern, piratas são meus favoritos, não duendes.

Enquanto o outro saía, Patrick Redfern disse, rindo:

— Eu bem que gostaria de ver os duendes pregarem uma peça no velho!

Poirot observou, de forma reflexiva:

— Para um homem de negócios obstinado, Monsieur Blatt parece ter uma imaginação muito romântica.

— Isso porque ele não tem muita educação formal. Ou é o que minha esposa diz. Veja suas leituras! Nada além de suspenses ou histórias do Velho Oeste — explicou Patrick Redfern.

— Quer dizer que ele ainda tem a mentalidade de um menino? — questionou Poirot.

— Bem, não acha, senhor?

— Eu não o conheço muito.

— Eu também não. Saí para velejar com ele uma ou duas vezes... mas Blatt não gosta muito de companhia. Ele prefere ficar sozinho.

— Isso é muitíssimo curioso — comentou Poirot. — É justamente o oposto de sua prática em terra firme.

Redfern riu.

— Eu sei. Todos nós temos um pouco de dificuldade em ficar fora do caminho de Horace. Por ele, transformaríamos este lugar em uma mistura entre Margate e Le Touquet.

Poirot não disse nada por um minuto ou dois. Estava estudando o rosto risonho de seu companheiro com muita atenção, então disse inesperadamente:

— Acho, Monsieur Redfern, que o senhor gosta de viver.

Patrick olhou para ele, surpreso.

— De fato, sim. Por que não?

— Por que não, de fato — concordou Poirot. — Eu o saúdo por isso.

Sorrindo um pouco, Patrick Redfern agradeceu.

— Obrigado, senhor.

— É por isso que, sendo mais velho, bem mais velho que o senhor, atrevo-me a lhe dar um conselho.

— Sim, senhor?

— Um amigo meu na polícia, muito sábio, disse, anos atrás: "Hercule, meu amigo, se você quer conhecer a tranquilidade, evite as mulheres."

— Receio que seja um pouco tarde para isso, senhor — disse Patrick Redfern. — Sou casado, sabia?

— Eu sei. Sua esposa é uma mulher muito charmosa e satisfeita. Acho que ela gosta muito do senhor.

— Gosto muito dela — retrucou bruscamente Redfern.

— Ah — disse Hercule Poirot — Fico feliz em ouvir isso.

A testa de Patrick subitamente franziu-se.

— Veja bem, Monsieur Poirot, onde o senhor quer chegar?

— *Les femmes*. — Poirot recostou-se e fechou os olhos. — Sei uma coisa ou outra sobre elas. São capazes de complicar a vida de forma insuportável. E os ingleses, eles conduzem seus negócios de forma discreta. Se era necessário que viesse para cá, Monsieur Redfern, por que, *mon Dieu*, trouxe sua esposa?

— Não sei do que você está falando — respondeu Redfern, com raiva.

— Você sabe muito bem — continuou Poirot, calmo. — Não sou tolo a ponto de discutir com um homem apaixonado. Pronuncio apenas o aviso de cautela.

— Você tem dado ouvidos a esses malditos caluniadores. Mrs. Gardener, a solteirona Brewster... Não fazem nada além de falar mal dos outros o dia todo. Só porque uma mulher é bonita... caem em cima dela como cães raivosos.

Hercule Poirot levantou-se.

— Você é realmente tão jovem assim?

E, balançando a cabeça, saiu do bar. Patrick Redfern encarou-o com raiva enquanto se afastava.

V

Hercule Poirot parou no corredor a caminho do salão de jantar. As portas estavam abertas... uma lufada de ar fresco da noite entrava.

A chuva tinha parado e a névoa, se dissipado. Era uma bela noite novamente.

Hercule Poirot encontrou Mrs. Redfern em seu lugar favorito no penhasco. Ele parou ao seu lado e disse:

— Este assento está úmido. A senhora não deveria sentar aqui. Vai pegar um resfriado.

— Não, de forma alguma. E de que importa, afinal?

— *Tsc*, *tsc*, a senhora não é uma criança! É uma mulher educada. Você deve encarar as coisas com sensatez.

— Posso lhe garantir que nunca pego resfriados — falou Mrs. Redfern friamente.

— Foi um dia chuvoso. O vento soprou, a chuva caiu, e a névoa cobriu toda a ilha, de modo que não dava para ver a um palmo do nariz. *Eh bien*, e como está o tempo agora? A névoa se dissipou, o céu está limpo e lá em cima as estrelas brilham. É como a vida, madame.

Christine retrucou em voz baixa e feroz:

— Sabe de que mais estou farta neste lugar?

— De quê, madame?

— Pena. — Ela pronunciou a palavra como um estalo de chicote. — Você acha que não sei? Que não consigo ver? O tempo todo, as pessoas dizendo: "Pobre Mrs. Redfern… aquela pobre mulherzinha." Não sou nenhuma mulherzinha, sou uma mulher crescida! Eles falam no diminutivo porque têm pena de mim. E não suporto!

Com cautela, Hercule Poirot estendeu seu lenço para cobrir o assento e sentou-se.

— Há algo aí — disse, pensativo.

— Aquela mulher… — começou Christine e parou.

— Permite-me dizer uma coisa, madame? — falou ele, em tom grave. — Algo que é tão verdadeiro quanto as estrelas do firmamento? As Arlena Stuarts, ou Arlena Marshalls, deste mundo… não importam.

— Bobagem — retrucou Christine.

— Eu lhe asseguro, é verdade. O império delas é do momento e para o momento. Para importar… para realmente e verdadeiramente importar… uma mulher deve ter bondade ou cérebro.

Christine questionou com desdém:

— O senhor acha mesmo que os homens se importam com bondade ou inteligência?

— Fundamentalmente, sim — respondeu Poirot com seriedade.

Christine soltou uma risada breve e disse:

— Não concordo com o senhor.

— Seu marido a ama, madame. Eu sei disso.

— O senhor não tem como saber.

— Tenho, sim. Eu sei. Eu o vi olhando para a senhora.

De repente, a mulher desabou. Chorou tempestuosa e amargamente no ombro gentil de Poirot.

— Não aguento mais... Não aguento mais...

O detetive deu um tapinha no braço dela e disse, suavemente:

— Paciência... apenas paciência.

Ela se endireitou, pressionou o lenço contra os olhos e falou com a voz abafada:

— Está tudo bem. Estou melhor agora. Deixe-me. Eu... Eu prefiro ficar sozinha.

Poirot obedeceu e a deixou sentada ali enquanto ele próprio seguia o caminho sinuoso até o hotel.

Estava quase chegando quando ouviu murmúrios.

Ele se desviou um pouco do caminho. Havia uma brecha nos arbustos, e por ela viu Arlena Marshall e Patrick Redfern. Ouviu a voz do homem, pulsando com a emoção.

— Eu sou louco por você... louco... Você me deixou louco... Você nem sequer se importa... não?

Poirot viu o rosto de Arlena Marshall... "Era, pensou, como um gato feliz e elegante... Era animal, não humano." Ela respondeu em um ronronar suave:

— Claro, Patrick querido, eu te adoro. Você sabe disso...

Para variar, Hercule Poirot interrompeu sua espionagem. Voltou para o caminho e seguiu para o hotel.

Uma figura se juntou a ele de repente. Era o Capitão Marshall, que comentou:

— Bela noite, não? Depois deste dia horrível. — Ele olhou para o céu. — Parece que teremos tempo bom amanhã.

Capítulo 4

O dia 25 de agosto amanheceu ensolarado e sem nuvens. Uma manhã tão bela que até mesmo o mais inveterado preguiçoso ficaria tentado a levantar-se cedo.

Várias pessoas fizeram isso naquela manhã no Jolly Roger.

Eram oito horas quando Linda, sentada à penteadeira, virou um pequeno volume grosso encadernado em couro e o abriu, olhando para o próprio rosto no espelho.

Seus lábios estavam bem apertados e as pupilas, contraídas.

— Eu farei isso... — disse ela baixinho.

Linda tirou o pijama e vestiu o maiô. Colocou um roupão por cima e calçou as alpargatas de amarrar.

Ela saiu do quarto e seguiu pelo corredor. No final, uma porta para a sacada levava a uma escada de ferro externa que descia diretamente para as rochas abaixo do hotel. Os degraus presos ao rochedo que iam até a água eram usados por muitos hóspedes para um mergulho antes do café da manhã, pois era mais rápido do que ir até praia principal.

Quando começou a descer, Linda encontrou o pai subindo.

— Você acordou cedo. Vai dar um mergulho? — perguntou ele.

Linda assentiu.

Eles passaram um pelo outro.

Em vez de descer pelas pedras, no entanto, Linda contornou o hotel pela esquerda até o caminho que descia até a ponte que ligava o hotel ao continente. A maré estava alta e a ponte, submersa, mas o barquinho que levava os hóspedes para o outro lado estava amarrado a um pequeno píer. O homem responsável estava ausente no momento. Linda entrou, soltou o barco e remou sozinha para o outro lado.

Quando chegou, amarrou o cabo, subiu a encosta, passou pelo estacionamento do hotel e seguiu até a loja.

A mulher tinha acabado de abrir as persianas; estava ocupada varrendo o chão, e espantou-se ao ver a jovem.

— Minha nossa, a senhorita acordou *cedo*.

Linda enfiou a mão no bolso do roupão e tirou o dinheiro. Então começou a fazer suas compras.

II

Christine Redfern estava no quarto de Linda quando a garota voltou.

— Ah, aí está você — exclamou a mulher. — Achei que ainda estivesse dormindo.

— Não, eu fui dar um mergulho — disse Linda.

Ao notar o pacote na mão dela, Christine comentou, surpresa:

— O correio chegou mais cedo hoje.

Linda corou. Com seu habitual nervosismo e falta de jeito, o pacote lhe escorregou das mãos, o fio fino arrebentou e parte do conteúdo rolou pelo chão.

— Para que você está comprando *velas*? — exclamou Christine.

Para alívio de Linda, porém, a mulher não esperou sua resposta e, enquanto ajudava a pegar as coisas do chão, continuou:

— Vim perguntar se você gostaria de ir comigo para a Enseada da Gaivota esta manhã. Quero fazer um esboço lá.

Linda aceitou com entusiasmo. Nos últimos dias, havia acompanhado Christine Redfern mais de uma vez em expedições artísticas. Ela era uma artista medíocre, mas talvez tivesse encontrado na desculpa das pinturas uma ajuda para o próprio orgulho, já que o marido passava a maior parte do tempo com Arlena Marshall.

Linda Marshall estava cada vez mais taciturna e mal-humorada. Gostava de estar com Christine, que, concentrada nos desenhos, falava muito pouco. Era, Linda sentia, quase tão bom quanto estar sozinha, embora curiosamente ansiasse por algum tipo de companhia. Havia uma conexão sutil entre ela e a mulher mais velha, provavelmente pautada na antipatia pela mesma pessoa.

— Meio-dia vou jogar tênis, então é melhor sairmos cedo — disse Christine. — Dez e meia?

— Certo. Estarei pronta. Encontro você no saguão.

III

Rosamund Darnley, saindo do salão de jantar depois de um café da manhã muito tardio, deu um esbarrão com Linda quando esta descia correndo as escadas.

— Ah! Desculpe, Miss Darnley.

— Que manhã adorável, não é? — comentou Rosamund. — Mal dá para acreditar, depois de ontem.

— Pois é. Vou com Mrs. Redfern para a Enseada da Gaivota. Eu disse que a encontraria às 10h30. Achei que estava atrasada.

— Não, ainda tem cinco minutos.

— Ah! Que bom.

A moça estava um pouco ofegante e Rosamund observou-a com curiosidade.

— Você não está com febre, está, Linda?

Os olhos da menina brilhavam e as bochechas estavam coradas.

— Ah! Não. Eu *nunca* fico febril.

Rosamund sorriu e comentou:

— Está um dia tão lindo que resolvi descer para tomar café da manhã. Geralmente peço no quarto. Mas hoje desci e encarei os ovos e o bacon como um homem.

— Eu sei... está divino depois de ontem. A Enseada da Gaivota é tão agradável de manhã. Vou passar bastante óleo e ficar bem bronzeada.

— Sim, é mesmo agradável. E é mais tranquila que a praia daqui.

— Venha também — convidou Linda, um tanto tímida.

Rosamund negou com a cabeça.

— Hoje não. Tenho outros assuntos para resolver.

Christine Redfern vinha descendo as escadas.

Ela estava usando um conjunto de praia leve e relaxado, a camisa de mangas longas e as calças largas, o tecido verde com estampa amarela. A língua de Rosamund coçou para lhe dizer que amarelo e verde eram a combinação de cores mais inadequada possível para a pele clara e ligeiramente anêmica dela. A mulher sempre ficava irritada quando as pessoas não tinham senso de moda.

Ela pensou: "Se *eu* vestisse aquela garota, logo faria o marido dela erguer a cabeça e prestar atenção. Por mais tola que Arlena seja, ela sabe se vestir. Essa pobre coitada parece uma alface murcha."

Em voz alta, disse:

— Divirtam-se. Vou para o Rochedo do Sol ler um pouco.

IV

Hercule Poirot tomou o desjejum no quarto, como de costume, café e pãezinhos.

A beleza da manhã, no entanto, o convenceu a deixar o hotel mais cedo do que o normal. Eram dez horas — pelo menos meia hora antes de seu horário habitual — quando desceu para a praia, que estava vazia, exceto por uma pessoa.

Arlena Marshall.

Vestida com seu traje de banho branco, o chapéu verde na cabeça, ela tentava se lançar ao mar em um barquinho de madeira branca. Poirot foi galantemente ao resgate, encharcando os sapatos de camurça branca ao fazê-lo.

Ela agradeceu com um daqueles seus olhares de soslaio.

Bem quando estava se afastando, Arlena chamou.

— Monsieur Poirot?

Poirot saltou para a areia.

— Madame.

— Faça um favor para mim, sim?

— Qualquer coisa.

Ela sorriu.

— Não conte a ninguém onde estou — murmurou Arlena, e lançou um olhar apelativo. — Eles *vão* querer vir atrás de mim. Eu só quero ficar *sozinha*, para variar.

E se afastou, remando vigorosamente.

Poirot caminhou pela praia, murmurando consigo mesmo:

— *Ah ça, jamais!* Nisso, *par exemple*, eu não acredito.

Ele duvidava que Arlena Stuart, para usar seu nome artístico, jamais quisera ficar sozinha na vida.

Hercule Poirot, um homem do mundo, sabia a verdade. Arlena Marshall estava, sem dúvida, a caminho de um encontro, e Poirot tinha uma boa ideia de quem ela estava indo ver.

Ou pensou que tinha, mas logo sua suposição provou-se incorreta.

Pois, assim que Arlena contornou a ponta da baía e desapareceu de vista, Patrick Redfern, seguido de perto por Kenneth Marshall, saiu do hotel e veio caminhando pela praia.

Marshall acenou para Poirot.

— Bom dia, Poirot. Viu minha esposa em algum lugar por aí?

A resposta de Poirot foi diplomática.

— Madame se levantou cedo assim, então?

— Ela não está no quarto — disse Marshall, olhando para o céu. — Que dia lindo. Vou dar um mergulho agora mesmo. Tenho muito a escrever esta manhã.

Patrick Redfern, menos abertamente, examinava a praia de um lado a outro. Sentou-se perto de Poirot e se preparou para esperar a chegada de sua dama.

— E Madame Redfern? Ela também levantou cedo? — perguntou Poirot.

— Christine? Ah, saiu para desenhar. Anda bem interessada em arte agora — falou Patrick Redfern com impaciência, os pensamentos em outro lugar.

Conforme o tempo passava, sua impaciência pela chegada de Arlena era demonstrada de forma cada vez mais grosseira. Assim que ouvia passos, ele virava a cabeça, ansioso, para ver quem estava descendo do hotel.

Decepção após decepção.

Primeiro chegaram Mr. e Mrs. Gardener, com tricô e livro em mãos, seguidos de Miss Brewster.

Mrs. Gardener, ativa como sempre, acomodou-se na cadeira e começou a tricotar vigorosamente e falar ao mesmo tempo.

— Bem, M. Poirot. A praia parece *muito* deserta hoje. Onde estão todos?

Poirot respondeu que os Masterman e os Cowan, duas famílias com crianças, tinham saído para uma excursão de barco que duraria o dia inteiro.

— Ora, isso certamente faz toda a diferença, não tê-los por aí rindo e brincando. E apenas uma pessoa no mar, o Capitão Marshall.

Marshall tinha acabado de nadar e veio até a praia balançando a toalha.

— O mar está ótimo — comentou ele. — Infelizmente, tenho muito trabalho a fazer. Preciso subir e começar logo.

— Ora, mas que pena, Capitão Marshall. Em um dia lindo como este! Nossa, ontem não estava horrível? Eu disse a Mr. Gardener que, se o tempo continuasse daquela maneira, teríamos que ir embora. É a melancolia, sabe, com a névoa ao redor da ilha. Dá uma sensação fantasmagórica. Mas eu sempre fui muito suscetível ao clima, desde criança. Às vezes, sabe, eu sentia que precisava gritar sem parar. E isso, claro, era muito difícil para meus pais. Mas minha mãe era uma mulher adorável e dizia ao meu pai: "Sinclair, se a criança se sente assim, devemos permitir que faça isso. Gritar é a maneira dela de se expressar." E, claro, meu pai concordava. Ele era muitíssimo dedicado à minha mãe e fazia tudo o que ela dizia. Eram um casal encantador, tenho certeza que Mr. Gardener concordará. Eles não eram um casal impressionante, Odell?

— Eram, sim querida — disse Mr. Gardener.

— E onde está sua mocinha, Capitão Marshall?

— Linda? Não sei. Imagino que esteja passeando por aí pela ilha.

— Sabe, Capitão Marshall, aquela garota me parece meio enfermiça. Precisa de um bom prato de comida e de muita, muita compreensão.

— Linda está ótima — respondeu Kenneth Marshall secamente.

E foi para o hotel.

Patrick Redfern não entrou na água. Ficou sentado, encarando o hotel sem tentar disfarçar. Estava começando a parecer um pouco mal-humorado.

Miss Brewster estava animada e alegre quando chegou.

A conversa foi muito parecida com a da manhã anterior. As palavras agudas e constantes de Mrs. Gardener contra as frases curtas e diretas de Miss Brewster.

— A praia parece um pouco vazia. Todos foram fazer excursões? — comentou a última, enfim.

— Eu estava dizendo a Mr. Gardener agora cedo que simplesmente precisamos fazer um passeio a Dartmoor. É bem perto daqui e tudo parece tão romântico. E eu também gostaria de ver aquela antiga prisão... Princetown, não é? Acho melhor acertarmos isso agora mesmo e irmos lá amanhã, Odell.

— Sim, querida.

Hercule Poirot perguntou a Miss Brewster:

— Vai mergulhar, mademoiselle?

— Ah, já dei meu mergulho matinal antes do café da manhã. Alguém quase me acertou na cabeça com uma garrafa, inclusive. Veio de uma das janelas do hotel.

— Minha nossa, mas que perigo — disse Mrs. Gardener. — Tive um amigo muito querido que sofreu uma concussão por causa de uma lata de pasta de dente que lhe atingiu na rua... foi atirada de uma janela do trigésimo quinto andar. Uma coisa muito perigosa. Ele ficou muito ferido. — Ela começou a procurar entre seus novelos de lã. — Ora, Odell, acho que esqueci o novelo do outro tom de roxo. Está na segunda gaveta da cômoda do quarto... ou talvez na terceira.

— Sim, querida.

Mr. Gardener levantou-se obedientemente e partiu em sua busca. Sua esposa, no entanto, continuou a tagarelar.

— Às vezes, sabe, eu acho que talvez estejamos indo longe demais hoje em dia. Com todas as nossas grandes descobertas e todas as ondas elétricas que devem existir na atmosfera do planeta, acho que isso leva a uma grande inquietação mental. Eu simplesmente sinto que talvez tenha chegado a hora de uma nova mensagem para a humanidade. Não sei, Monsieur Poirot, se o senhor já ouviu falar nas profecias das Pirâmides.

— Não, nunca — disse Poirot.

— Bem, eu lhe asseguro que são muito, muito interessantes. Com Moscou localizada exatamente mil milhas ao norte de... do que era mesmo?... Nínive?... De qualquer forma, você pega um círculo e ele mostra as coisas mais surpreendentes... e dá para ver que deve ter havido alguma orientação especial, que aqueles antigos egípcios não poderiam ter pensado em tudo o que fizeram sozinhos. E quando você entra na teoria dos números e percebe sua repetição, fica tudo tão claro que não consigo imaginar como alguém poderia duvidar nem por um momento.

Mrs. Gardener fez uma pausa triunfante, mas nem Poirot nem Miss Emily Brewster se animaram a discutir o assunto.

O detetive estudou seus sapatos de camurça branca com pesar.

— Você foi remar com os sapatos calçados, Monsieur Poirot? — perguntou Emily Brewster.

— Ai de mim! Fui precipitado.

A mulher baixou a voz e perguntou:

— Onde está nossa *femme fatale* esta manhã? Está atrasada.

Mrs. Gardener, erguendo os olhos do tricô para estudar Patrick Redfern, murmurou:

— Ele está de cara amarrada. Ah, meu Deus, é uma pena essa situação toda. Eu me pergunto o que o Capitão Marshall pensa sobre o assunto. É um homem tão simpático e quieto... muito britânico e modesto. Impossível saber o que está pensando sobre as coisas.

Patrick Redfern se levantou e começou a andar de um lado para o outro na praia.

— Igualzinho a um tigre — murmurou Mrs. Gardener.

Três pares de olhos observavam seu andar. O escrutínio deles pareceu deixar Patrick Redfern desconfortável. Ele estava mais do que mal-humorado — parecia prestes a explodir.

No silêncio, um leve sino vindo do continente chegou aos ouvidos dos ali presentes.

— O vento está vindo do leste novamente — murmurou Emily Brewster. — É um bom sinal quando dá para ouvir o badalar das horas.

Ninguém disse mais nada até que Mr. Gardener retornou com um novelo de lã magenta brilhante.

— Ora, Odell, como você demorou!

— Desculpe, querida, mas veja bem, o novelo não estava na cômoda, afinal. Eu o encontrei na prateleira do guarda-roupa.

— Minha nossa, mas não é extraordinário? Eu poderia ter jurado que coloquei na gaveta da cômoda. Acho que é uma sorte eu nunca ter precisado testemunhar em um julgamento. Simplesmente me preocuparia até a morte caso não lembrasse direito de alguma coisa.

— Mrs. Gardener é muito meticulosa — comentou o marido.

V

Cerca de cinco minutos depois, Patrick Redfern perguntou:

— Vai fazer sua remada esta manhã, Miss Brewster? Importa-se se eu for com a senhorita?

— Será um prazer — respondeu a mulher.

— Vamos remar em volta da ilha — propôs Redfern.

A senhorita Brewster consultou o relógio.

— Teremos tempo? Ah sim, ainda não são nem 11h30. Vamos lá, vamos começar.

Eles foram juntos até a praia. Patrick Redfern assumiu a liderança nos remos e partiu com uma remada poderosa. O barco saltou para a frente.

— Ótimo. Vamos ver se consegue continuar assim — disse Emily em aprovação.

Ele riu; seu ânimo havia melhorado.

— Provavelmente terei um belo conjunto de bolhas quando voltarmos. — Patrick levantou a cabeça, jogando o cabelo preto para trás. — Minha nossa, que dia maravilhoso! Quando temos um dia de verão de verdade na Inglaterra, não há nada que supere.

— Não há nada que supere a Inglaterra em qualquer aspecto, na minha opinião — retrucou Miss Brewster rispidamente. — O único lugar no mundo para se viver.

— Concordo plenamente.

Eles contornaram a ponta da baía para o oeste e seguiram remando sob os penhascos. Patrick Redfern olhou para cima.

— Alguém no Rochedo do Sol esta manhã? Sim, tem uma sombrinha lá. Quem será, eu me pergunto?

— É Miss Darnley, eu acho — respondeu Emily Brewster. — Ela tem uma daquelas sombrinhas japonesas.

Eles remaram costa acima. À esquerda estava o mar aberto.

— Deveríamos ter ido pelo outro lado — disse Emily Brewster. — Desta forma estamos remando contra a corrente.

— A corrente aqui é fraca. Já nadei até este ponto e não percebi. De qualquer forma, não poderíamos ir pelo outro lado, a ponte não nos deixaria atravessar.

— Depende da maré, claro. Mas sempre dizem que nadar na Enseada do Duende é perigoso se você se afastar muito.

Patrick ainda remava vigorosamente. Ao mesmo tempo, examinava os penhascos com atenção.

Emily Brewster pensou de repente: "Ele está procurando por aquela mulher, a tal Arlena. Foi por isso que quis vir comigo. Ela não apareceu hoje cedo e Patrick está se perguntando o que está aprontando. Provavelmente fez de propósito. Apenas mais uma jogada... para deixá-lo mais interessado."

Eles contornaram a rocha saliente ao sul da Enseada do Duende. Era uma baía bem pequena, com rochas pontilhadas pela praia em uma paisagem fantástica. Ficava quase voltada para o noroeste, e o penhasco recobria a areia. Era um lugar famoso para piqueniques à tarde. De manhã, quando o sol não batia ali, não atraía público e quase nunca havia alguém por lá.

Naquela ocasião, porém, havia uma figura na praia.

As remadas de Patrick Redfern falharam, então se recuperaram, e ele perguntou em um tom supostamente casual:

— Ora, quem será?

— Parece Mrs. Marshall — disse Miss Brewster, secamente.

— É verdade — concordou Patrick Redfern, como se estivesse surpreso.

Ele alterou o curso do barco, remando para a praia. Emily Brewster protestou.

— Não é boa ideia parar aqui, é?

Patrick Redfern foi rápido em sua resposta.

— Ah, temos bastante tempo.

Ele a encarou, e algo em seus olhos, um olhar ingênuo e suplicante, como o de um cão insistente, silenciou Miss Brewster. Ela pensou consigo mesma: "Pobre garoto, ele está caidinho. Ah, bem, não tem jeito. Ele vai superar com o tempo."

O barco se aproximava rapidamente da praia.

Arlena Marshall estava deitada de bruços, com os braços estendidos. O barquinho branco estava amarrado ali perto.

Alguma coisa intrigava Emily Brewster. Era como se estivesse olhando para algo que conhecia muito bem, mas que estava, em um aspecto, completamente errado.

Demorou um ou dois minutos até que se desse conta.

Arlena Marshall estava deitada como se pegasse sol. Ela ficara deitada daquela maneira muitas vezes na praia perto do hotel, o corpo bronzeado estendido e o chapéu verde protegendo a cabeça e o pescoço.

Mas não havia sol na Praia do Duende, e não haveria por algumas horas ainda. O penhasco saliente protegia aquele canto do sol da manhã. Um vago sentimento de apreensão tomou conta de Emily Brewster.

O barco atracou nos pedriscos.

— Alô, Arlena! — gritou Patrick Redfern.

E então o pressentimento de Emily Brewster tomou forma definitiva, pois a figura reclinada não se moveu nem respondeu.

Emily viu o rosto de Patrick Redfern mudar. Ele pulou do barco, e ela o seguiu. Os dois arrastaram a embarcação até a praia e então partiram para onde aquela figura branca estava, tão imóvel e sem reação, perto do pé do penhasco.

Patrick Redfern chegou primeiro, mas Emily Brewster estava logo atrás.

Ela viu, como em um sonho, os membros bronzeados, o maiô branco frente-única... o cacho vermelho de cabelo escapando sob o chapéu verde-jade; viu algo mais, também: o curioso ângulo pouco natural dos braços estendidos. Sentiu, naquele instante, que aquele corpo não havia se *deitado*; havia sido jogado...

Ela ouviu a voz de Patrick, um mero sussurro assustado. Ele se ajoelhou ao lado daquela forma imóvel... tocou-lhe a mão... o braço...

— Meu Deus, ela está morta... — sussurrou.

E então, ao levantar um pouco o chapéu e olhar para o pescoço, completou:

— Ah, Deus, ela foi estrangulada... assassinada.

VI

Foi um daqueles momentos em que o tempo para.

Com uma estranha sensação de irrealidade, Emily Brewster ouviu-se dizendo:

— Não podemos tocar em nada... Não até a polícia chegar.

A resposta de Redfern foi mecânica.

— Não... não... claro que não. — E então em um sussurro profundo e agonizante, completou: — Quem? *Quem?* Quem poderia ter feito isso com Arlena? Ela não pode ter... ter sido assassinada. Não pode ser verdade!

Emily Brewster balançou a cabeça, sem saber bem como responder.

Ouviu Patrick Redfern inspirar, a raiva baixa e controlada na voz ao dizer:

— Meu Deus, se eu colocar as mãos no demônio imundo que fez isso.

Emily Brewster estremeceu. Sua imaginação criou um assassino à espreita atrás de uma das pedras. Então se ouviu dizendo:

— Quem fez isso não deve ter ficado por perto. Precisamos chamar a polícia. Talvez... — Ela hesitou — ... um de nós devesse ficar aqui com... com o corpo.

— Eu fico — disse Patrick Redfern.

Emily Brewster deu um pequeno suspiro de alívio. Não era o tipo de mulher que admitiria sentir medo, mas estava secretamente grata por não ter que permanecer sozinha naquela praia com a tênue possibilidade de um maníaco homicida pairando por ali.

— Ótimo. Serei o mais rápido que puder. Vou no barco. Não consigo encarar aquela escada. Tem um policial na Baía de Leathercombe.

Patrick Redfern murmurou mecanicamente:

— Sim... sim, como você achar melhor.

Enquanto remava vigorosamente para longe da costa, Emily Brewster viu Patrick se sentar ao lado da morta e enterrar a cabeça nas mãos. Havia algo tão desamparado em sua atitude que ela involuntariamente sentiu pena. Ele parecia um cachorro cuidando do dono morto. No entanto, seu robusto bom senso lhe dizia: "Essa foi a melhor coisa que poderia ter acontecido para ele e a esposa... e para Marshall e a mocinha... mas não suponho que *ele* veja dessa forma, pobre coitado."

Emily Brewster era uma mulher que sempre estava pronta para uma emergência.

Capítulo 5

O Inspetor Colgate manteve-se a distância, perto do penhasco, esperando o médico da polícia terminar de examinar o corpo de Arlena. Patrick Redfern e Emily Brewster ficaram um pouco para o lado.

O Dr. Neasdon levantou-se com um movimento rápido e hábil.

— Estrangulada... e por mãos bem fortes — constatou. — Ela não parece ter lutado muito. Pega de surpresa. Hum... bem... triste.

Emily Brewster deu uma olhada e logo desviou os olhos do rosto da morta. Aquele terrível semblante, roxo e convulsionado.

— E quanto à hora da morte? — perguntou Inspetor Colgate.

— Não posso dizer com certeza sem saber mais sobre ela — respondeu Neasdon, irritado. — São muitos fatores a serem considerados. Vamos ver, são 12h45 agora. Que horas eram quando o senhor a encontrou?

Patrick Redfern, a quem a pergunta foi dirigida, respondeu vagamente:

— Algum momento antes do meio-dia. Não sei muito bem.

— Eram exatamente 11h45 quando descobrimos que ela estava morta — disse Emily Brewster.

— Ah, e vocês vieram até aqui de barco. Que horas eram quando a viram deitada aqui?

A mulher pensou na pergunta.

— Eu diria que contornamos o promontório cerca de cinco ou seis minutos antes disso. — Virou-se para Redfern. — Concorda?

— Sim... sim... por aí, acho — respondeu, distraído.

— Esse é o marido? Ah! Entendo, erro meu. Pensei que poderia ser. Ele parece bastante abalado — perguntou Neasdon ao inspetor em voz baixa.

Então levantou a voz em tom oficial.

— Vamos colocar 11h40. Ela não pode ter sido morta muito antes disso. Digamos então entre isso e... 10h45, no máximo.

O inspetor fechou o caderninho com um estalo.

— Obrigado — disse. — Isso deve nos ajudar bastante. Coloca tudo dentro de um espaço de tempo pequeno... menos de uma hora no total.

Ele se virou para Miss Brewster.

— Bem, acho que está tudo claro até agora. A senhorita é Miss Emily Brewster, e este aqui é Mr. Patrick Redfern, ambos hóspedes do Hotel Jolly Roger. A senhorita identifica esta senhora como outra hóspede... esposa do Capitão Marshall?

Emily Brewster assentiu.

— Então... — disse o Inspetor Colgate — ... acho que iremos para o hotel.

Ele acenou para um outro policial.

— Hawkes, fique aqui e não deixe ninguém pisar nesta enseada. Vou mandar Phillips depois.

II

— Minha nossa! — exclamou o Coronel Weston. — Que surpresa encontrá-lo aqui!

Hercule Poirot respondeu à saudação do chefe de polícia de maneira adequada.

— Ah, sim, muitos anos se passaram desde aquele caso em St. Loo — murmurou em resposta.

— Ah, mas não me esqueci — disse Weston. — A maior surpresa da minha vida. O que nunca superei, no entanto, foi como você me enganou sobre aquele negócio de funeral. A coisa toda absolutamente nada ortodoxa. Fantástico!

— *Tout de même, mon colonel* — argumentou Poirot. — Conseguimos os resultados pretendidos, não é?

— Hum... Bem, possivelmente. Ouso dizer que deveríamos ter chegado lá por métodos mais ortodoxos.

— É possível — concordou Poirot diplomaticamente.

— E aqui está você, no meio de outro assassinato — comentou o chefe de polícia. — Alguma ideia sobre o caso?

Poirot respondeu lentamente:

— Nada definitivo... mas é interessante.

— Vai nos dar uma ajuda?

— Você permitiria, sim?

— Meu caro amigo, será um prazer. Ainda não sei o suficiente para decidir se é um caso para a Scotland Yard ou não. À primeira vista, parece que nosso assassino deve estar dentro deste raio limitado. Por outro lado, todos aqui são estranhos. Para descobrir mais sobre eles e seus motivos, teríamos que ir a Londres.

— Sim, isso é verdade — disse Poirot.

— Em primeiro lugar — começou Weston —, temos que descobrir quem viu a mulher viva pela última vez. A camareira levou o café da manhã para ela às nove. A garota da recepção lá embaixo a viu passar pelo salão e sair por volta das dez.

— Meu amigo — disse Poirot —, suspeito que eu seja o homem que você procura.

— Você a viu hoje de manhã? Que horas?

— Às 10h05. Eu a ajudei a lançar seu barco da praia principal.

— E ela partiu nele?

— Sim.

— Sozinha?

— Sim.

— Você viu em que direção ela foi?

— Ela remou na direção daquele promontório ali à direita.

— Na direção da Enseada do Duende, certo?

— Sim.

— E a hora então era...?

— Eu diria que ela realmente saiu de vista às 10h15.

Weston pensou na resposta.

— Isso se encaixa bem. Quanto tempo você diria que ela levaria para remar em volta da enseada?

— Ah, eu não sou especialista. Eu não ando em barcos nem nada do gênero. Talvez meia hora?

— É mais ou menos o que acho — disse o coronel. — Ela não estaria com pressa, presumo. Bem, se chegou lá às 10h45 condiz com as informações que temos.

— Em que momento seu legista sugere que ela morreu?

— Ah, Neasdon não se compromete. É um sujeito cauteloso. Quinze minutos para as onze foi o limite.

Poirot assentiu.

— Há outro ponto que devo mencionar — acrescentou o detetive belga. — Quando partiu, Mrs. Marshall me pediu para não dizer a ninguém que a vira.

Weston o encarou.

— Hum, isso é bastante sugestivo, não é?

— Sim. Eu também pensei isso — murmurou Poirot.

Weston alisou o bigode.

— Olhe aqui, Poirot. Você é um homem experiente. Que tipo de mulher era Mrs. Marshall?

Um leve sorriso surgiu nos lábios de Poirot, que perguntou:

— Você já não ouviu falar?

— Eu sei o que as mulheres dizem: o que seria esperado. Quanta verdade há nisso? Ela estava mesmo tendo um caso com esse sujeito, Redfern? — disse o chefe de polícia, secamente.

— Eu diria que *sim*, sem dúvida.

— Ele a seguiu até lá, hein?

— Há motivos para supor que sim.

— E o marido? Ele sabia? O que sentia?

— Não é fácil dizer o que o Capitão Marshall sente ou pensa — respondeu Poirot lentamente. — Ele é um homem que não demonstra suas emoções.

— Mas pode senti-las mesmo assim — afirmou Weston.

Poirot assentiu.

— Ah sim, pode.

III

O chefe de polícia estava sendo tão diplomático quanto era de sua natureza com Mrs. Castle.

Ela era a dona e proprietária do Hotel Jolly Roger, uma mulher de cerca de 40 anos, de busto exuberante, cabelo vermelho-acaju e uma maneira de falar quase ofensivamente refinada.

— Uma coisa dessas, no meu hotel! Dou minha palavra de que sempre foi o lugar mais tranquilo possível! As pessoas que vêm para cá são gentis. Sem *baderna*... se é que o senhor me entende. Não é como os grandes hotéis em St. Loo.

— Realmente, Mrs. Castle — concordou o Coronel Weston. — Mas acidentes acontecem mesmo nas casas mais bem... hum, regradas.

— Tenho certeza de que o Inspetor Colgate vai confirmar minhas palavras — disse Mrs. Castle, lançando um olhar de súplica para o homem, sentado de maneira muito oficial. — Quanto à permissão para a venda de bebidas alcoólicas, sou *muito* rigorosa. Nunca houve *nenhuma* irregularidade!

— Certo, certo — concordou Weston. — Não estamos acusando a senhora de forma alguma, Mrs. Castle.

— Mas uma coisa dessas afeta um estabelecimento — insistiu Mrs. Castle, o grande busto arfando. — Quando penso nas multidões barulhentas e boquiabertas. Claro que ninguém além dos hóspedes tem permissão para entrar na ilha... mas mesmo assim as pessoas sem dúvida virão até o litoral e ficarão *apontando*.

Ela estremeceu.

O Inspetor Colgate viu sua chance de mudar o rumo da conversa.

— Em relação ao ponto que a senhora acabou de levantar: o acesso à ilha. Como mantém as pessoas afastadas?

— Sim, sou *muito* criteriosa em relação a isso.

— Sim, mas que medidas a senhora toma? O que as mantém afastadas? Multidões de férias no verão se aglomeram em todos os lugares, como moscas.

Mrs. Castle estremeceu ligeiramente outra vez e disse:

— Isso é culpa das excursões. Já vi dezoito transportes estacionados ao mesmo tempo no cais da Baía de Leathercombe. Dezoito!

— Exatamente. Como a senhora os impede de vir para cá?

— Há avisos. E então, é claro, na maré alta, ficamos isolados.

— Sim, mas e na maré baixa?

Mrs. Castle explicou. Na ponta da ilha da calçada havia um portão. Este dizia "Hotel Jolly Roger. Privado. Proibida a entrada exceto para o hotel." As rochas erguiam-se íngremes do mar em ambos os lados e não podiam ser escaladas.

— Qualquer um poderia pegar um barco, suponho, dar a volta remando e desembarcar em uma das enseadas? A senhora não poderia impedir ninguém de fazer isso. As pessoas têm direito de acesso à orla. Não pode impedir que fiquem na praia entre as marés baixa e alta.

Mas isso, ao que parecia, era muito raro. Barcos podiam ser alugados no porto de Leathercombe, mas era uma longa viagem de lá até a ilha, e a correnteza do lado de fora do porto da baía era forte.

Havia avisos também, tanto na Enseada da Gaivota quanto na Enseada do Duende, perto da escada. Ela acrescentou que George e William estavam sempre de olho na praia principal, que era a mais próxima do continente.

— Quem são George e William?

— George é o responsável pela praia. Ele cuida dos trajes e das boias. William é o jardineiro. Ele faz a manutenção dos caminhos, das quadras de tênis e tudo mais.

— Bem, isso parece claro o suficiente — disse o Coronel Weston, impacientemente. — Não quer dizer que ninguém poderia ter vindo de fora, mas qualquer um que o fizesse corria o risco de ser visto. Teremos uma conversa com George e William em breve.

— Eu não gosto de turistas... são muito barulhentos, costumam deixar cascas de laranja e maços de cigarro na ponte e perto das pedras, mas mesmo assim nunca pensei que um deles seria um assassino. Ah, céus! É realmente terrível demais. Uma senhora de classe como Mrs. Marshall, assassinada... e pior, na verdade... ah... estrangulada... — Mrs. Castle mal conseguiu dizer a palavra, que foi pronunciada com extrema relutância.

O Inspetor Colgate concordou com toda a calma:

— Sim, é mesmo um negócio desagradável.

— E os jornais. *Meu* hotel nos jornais!

Colgate, com um sorriso fraco, tentou argumentar:

— Bem, é propaganda, de certa forma.

Mrs. Castle se empertigou. Seu busto arfava e as barbatanas do corpete rangiam. Ela retrucou friamente:

— Esse não é o tipo de propaganda que me importa, Mr. Colgate.

O Coronel Weston interrompeu:

— Agora, Mrs. Castle — interrompeu o Coronel Weston —, a senhora está com a lista dos hóspedes, como eu pedi?

— Sim, senhor.

O Coronel Weston examinou atentamente o livro de registro do hotel e olhou para Poirot, que era o quarto membro do grupo reunido no escritório da gerência.

— É aqui que você provavelmente poderá nos ajudar em breve.

Ele leu os nomes.

— E os funcionários?

Mrs. Castle entregou uma segunda lista.

— Há quatro camareiras, o *maître* e três garçons, e Henry no bar. William cuida dos sapatos. Há também a cozinheira e duas ajudantes.

— E os garçons?

— Bem, senhor, Albert, o *maître d'hôtel*, veio até mim do Hotel Vincent, em Plymouth. Ele trabalhou lá por bastante tempo. Os três sob seu comando estão aqui há três anos... um deles, há quatro. São rapazes muito gentis e respeitáveis. Henry está aqui desde a inauguração do hotel. É uma instituição digna.

Weston assentiu e se dirigiu a Colgate:

— Parece tudo bem. Você vai dar uma palavrinha com eles, é claro. Obrigado, Mrs. Castle.

— É tudo de que o senhor precisa?

— Por enquanto, sim.

Mrs. Castle saiu da sala fazendo o piso ranger.

— A primeira coisa a fazer é falar com o Capitão Marshall — disse Weston.

IV

Kenneth Marshall estava sentado calmamente, respondendo às perguntas que lhe eram feitas. Com a exceção de um ligeiro endurecimento nas feições, ele estava bastante tranquilo. Visto ali, com o sol entrando pela janela e iluminando seu rosto, era um homem bonito. As feições retas, os olhos azuis seguros, a boca firme. A voz era baixa e agradável.

— Eu entendo muito bem, Capitão Marshall, o choque terrível que deve ser para o senhor. Mas imagino que perceba o quanto estou ansioso para obter as informações mais completas possíveis o quanto antes — constatou o Coronel Weston.

— Compreendo perfeitamente. — Marshall assentiu. — Continue.

— Mrs. Marshall foi sua segunda esposa?

— Sim.

— E estavam casados havia quanto tempo?

— Pouco mais de quatro anos.

— E o nome de solteira dela?

— Helen Stuart. Seu nome artístico era Arlena Stuart.

— Ela era atriz?

— Participou de espetáculos musicais e de teatros de revista.

— Ela desistiu dos palcos por causa do casamento?

— Não. Ela continuou a se apresentar. Na verdade, se aposentou há apenas um ano e meio.

— Houve algum motivo especial para isso?

Kenneth Marshall pareceu refletir sobre o assunto.

— Não — respondeu. — Simplesmente disse que estava cansada de tudo aquilo.

— Não foi... hum... em obediência a algum desejo especial do senhor?

Marshall ergueu as sobrancelhas.

— Ah, não.

— O senhor estava satisfeito por ela continuar atuando depois do casamento?

Marshall abriu um leve sorriso.

— Eu preferiria que ela parasse, sim. Mas não fiz alarde sobre o assunto.

— A questão não causou nenhum ponto de discórdia entre vocês?

— Certamente que não. Minha esposa era livre para fazer como mais lhe agradasse.

— E... o casamento foi feliz?

— Certamente — respondeu Marshall, com frieza.

O Coronel Weston fez uma pausa antes de continuar:

— Capitão Marshall, o senhor tem alguma ideia de quem poderia ter matado sua esposa?

— Nenhuma — respondeu sem a menor hesitação.

— Ela tinha inimigos?

— Possivelmente.

— Ah, é mesmo?

Rapidamente, o outro continuou:

— Não me entenda mal, senhor. Minha esposa era atriz. Também era uma mulher muito bonita. Por ambos os motivos, despertava certa quantidade de inveja e ciúme. Havia alvoroços por papéis, rivalidade por parte de outras mulheres... Havia uma boa dose, digamos, de inveja, ódio, malícia e todo tipo de falta de empatia de forma generalizada! Mas isso não significa que alguém fosse capaz de assassiná-la deliberadamente.

Hercule Poirot falou pela primeira vez:

— O que o senhor realmente quer dizer, monsieur, é que os inimigos dela eram, em sua maior parte ou totalmente, *mulheres*?

Kenneth Marshall o encarou.

— Sim — concordou. — É isso mesmo.

O chefe de polícia perguntou:

— O senhor não conhece nenhum homem que tivesse rancor dela?

— Não.

— Ela já conhecia algum outro hóspede do hotel?

— Acredito que conhecesse Mr. Redfern... de algum coquetel. Ninguém mais, que eu saiba.

Weston fez uma pausa; pareceu deliberar se deveria insistir no assunto. Então pareceu tomar uma decisão.

— Agora chegamos à manhã de hoje. Qual foi a última vez que o senhor viu sua esposa?

Um minuto se passou até que Marshall respondesse.

— Dei uma passada lá quando estava descendo para tomar café da manhã...

— Desculpe, os senhores estavam em quartos separados?

— Sim.

— E que horas foi isso?

— Devia ser por volta das nove horas.

— O que ela estava fazendo?

— Abrindo a correspondência.

— Ela disse alguma coisa?

— Nada particularmente interessante. Só bom dia... e que estava uma manhã agradável... Esse tipo de coisa.

— Como ela lhe pareceu? Fora do comum, de algum modo?

— Não, perfeitamente normal.

— Ela não parecia animada, chateada ou nervosa?

— Eu não percebi.

Hercule Poirot perguntou:

— Ela mencionou o conteúdo das cartas?

Novamente um leve sorriso apareceu nos lábios de Marshall, que disse:

— Pelo que me lembro, ela disse que eram todas contas.

— Sua esposa tomou o desjejum na cama?

— Sim.

— Ela sempre fazia isso?

— Religiosamente.

— A que horas ela costumava descer? — perguntou Poirot.

— Ah! Entre dez e onze... Em geral mais perto das onze horas.

— Se ela descesse exatamente às dez horas — continuou o detetive —, isso seria surpreendente para o senhor?

— Sim. Ela não costumava descer tão cedo assim.

— Mas Mrs. Redfern fez exatamente isto hoje de manhã. Por que o senhor acha que isso aconteceu, Capitão Marshall?

— Não tenho a mínima ideia — respondeu sem qualquer emoção. — Pode ter sido o clima... um dia especialmente bonito e tudo o mais.

— O senhor deu falta dela?

Kenneth Marshall se ajeitou na cadeira.

— Dei uma olhada no quarto dela novamente depois do café. Estava vazio. Isso me deixou um pouco surpreso.

— E então o senhor desceu até a praia e me perguntou se eu a tinha visto.

— Er... sim. — Ele acrescentou, com uma leve ênfase na voz: — E o senhor disse que não...

Os olhos inocentes de Hercule Poirot não vacilaram. Com gentileza, ele alisou seu grande e extravagante bigode.

— O senhor tinha algum motivo especial para querer encontrar sua esposa mais cedo? — perguntou Weston.

Marshall, simpático, desviou o olhar para o chefe de polícia.

— Não, só queria saber onde ela estava, só isso.

Weston fez uma pausa. Moveu sua cadeira ligeiramente. Sua voz assumiu um tom diferente quando disse:

— Agora mesmo, Capitão Marshall, o senhor mencionou que sua esposa conhecia Mr. Patrick Redfern previamente. O quão bem ela o conhecia?

— Se importa se eu fumar? — perguntou Marshall, e tateou os bolsos. — Maldição! Deixei meu cachimbo em algum lugar.

Poirot ofereceu-lhe um cigarro, que ele aceitou. Acendendo-o, Marshall respondeu:

— O senhor estava perguntando sobre Redfern. Segundo minha esposa, eles se conheceram em algum coquetel ou coisa do tipo.

— Ele era, então, apenas um conhecido casual?

— Acredito que sim.

— A partir disso... — O chefe de polícia fez uma pausa. — É de meu entendimento que esse relacionamento casual amadureceu e se tornou algo bem mais íntimo.

— É do seu entendimento, é? — inferiu Marhsall bruscamente. — Quem lhe contou isso?

— É a fofoca que corre pelo hotel.

Por um momento, os olhos do capitão se voltaram para Hercule Poirot. Detiveram-se nele com uma espécie de raiva fria.

— Fofocas de hotel geralmente são uma rede de intrigas!

— É possível. Mas me parece que Mr. Redfern e sua esposa deram alguns motivos para a fofoca.

— Que motivos?

— Eles estavam constantemente juntos.

— É só isso?

— O senhor não nega que fosse assim?

— Pode ter sido. Eu realmente não percebi.

— O senhor não... perdoe-me, Capitão Marshall... se opôs à amizade de sua esposa com Mr. Redfern?

— Eu não tinha o hábito de criticar a conduta da minha esposa.

— O senhor não protestou nem se opôs de forma alguma?

— Certamente que não.

— Nem mesmo quando essa conduta estava se tornando assunto de escândalo e de um distanciamento crescente entre Mr. e Mrs. Redfern?

— Eu cuido da minha vida e espero que os outros cuidem da deles — retrucou o homem, com frieza. — Não dou ouvidos a fofocas e mexericos.

— O senhor não vai negar que Mr. Redfern admirava sua esposa?

— É provável que fosse o caso. A maioria dos homens o faz. Ela era uma mulher muito bonita.

— Mas o senhor mesmo estava convencido de que não havia nada de sério no caso?

— Nunca pensei nisso, pode acreditar.

— E suponhamos que haja uma testemunha atestando que os dois tinham grande intimidade?

Novamente aqueles olhos azuis foram para Hercule Poirot. Novamente uma expressão de desaprovação apareceu em seu rosto em geral impassível.

— Se o senhor quer dar ouvidos essas histórias, fique à vontade — respondeu. — Minha esposa está morta e não pode se defender.

— Quer dizer que o senhor, pessoalmente, não acredita nelas?

Pela primeira vez, um leve orvalho de suor estava visível na testa de Marshall.

— Não posso dizer que acredite em nada disso. — Então continuou: — Os senhores não estão se afastando muito do cerne da questão? O que eu acredito ou não acredito certamente é irrelevante para o simples fato do assassinato.

Hercule Poirot respondeu antes que qualquer um dos outros pudesse falar.

— O que o senhor não compreende, Capitão Marshall, é que não existe nada de simples em um assassinato. As situações surgem, em nove a cada dez vezes, do caráter e das circunstâncias do assassinado. É justamente *porque* vítima era o tipo de pessoa que era que foi assassinada! Até que possamos entender *total e completamente que tipo de pessoa*

Arlena Marshall era, não seremos capazes de ver com clareza *o tipo de pessoa que a assassinou*. Daí a necessidade de nossas perguntas.

Marshall virou-se para o chefe de polícia e questionou:

— Essa também é a sua opinião?

Weston ficou um pouco incerto.

— Bem, até certo ponto... Isto é...

Marshall deu uma risada curta.

— Achei que não concordaria. Essa coisa de personalidade é a especialidade de Mr. Poirot, até onde sei.

Poirot comentou, sorrindo:

— O senhor pode, pelo menos, se parabenizar por não ter feito nada para me ajudar! — disse Poirot, sorrindo.

— O que quer dizer?

— O que nos contou sobre sua esposa? Absolutamente nada. Contou-nos apenas o que todos podiam ver por si mesmos. Que ela era bela e admirada. Nada mais.

Kenneth Marshall deu de ombros.

— Você é louco. — Foi tudo o que disse a Poirot. Então, virando-se para o chefe de polícia, perguntou: — Mais alguma coisa, *senhor coronel*, que gostaria que eu lhe respondesse?

— Sim, Capitão Marshall. Seus próprios passos na manhã de hoje, por favor.

Kenneth Marshall assentiu. Claramente esperava por isso.

— Tomei café da manhã lá embaixo por volta das nove horas, como de costume, e li o jornal. Como já comentei, depois subi até o quarto da minha esposa e descobri que ela já tinha saído. Desci até a praia, encontrei Monsieur Poirot e perguntei se ele a vira. Então dei um mergulho rápido e subi para o hotel novamente. Eram então, deixe-me ver, cerca de 10h40... Sim, mais ou menos isso. Vi o relógio no saguão. Entre 10h40 e 10h45. Subi para o meu quarto, mas a camareira ainda não tinha terminado. Pedi que ela terminasse o mais rápido possível. Eu tinha algumas cartas para datilografar que ainda queria enviar pelo correio. Desci e fiquei conversando com

Henry no bar. Subi de novo para o meu quarto às 10h50. Lá, datilografei minhas cartas até as 11h50. Então vesti minha roupa de tênis, pois tinha marcado de jogar ao meio-dia. Nós havíamos reservado a quadra no dia anterior.

— Quem eram "nós"?

— Mrs. Redfern, Miss Darnley, Mr. Gardener e eu. Desci ao meio-dia e fui até a quadra. Miss Darnley já estava lá com Mr. Gardener. Mrs. Redfern chegou alguns minutos depois. Jogamos tênis por uma hora. Assim que chegamos ao hotel, eu... eu... recebi a notícia.

— Obrigado, Capitão Marshall. Só por uma questão de formalidade, há alguém que possa corroborar o fato de que o senhor estava no quarto entre... hum... 10h50 e 11h50?

Kenneth Marshall, deu um leve sorriso.

— O senhor está querendo saber se matei minha própria esposa? Deixe-me ver. A camareira estava arrumando os quartos. Deve ter ouvido a máquina de escrever. E há as cartas em si. Com toda a confusão, não as postei. Imagino que sejam alguma evidência em si.

Ele tirou três cartas do bolso. Estavam endereçadas, mas não seladas.

— O conteúdo delas, a propósito, é estritamente confidencial. Mas, quando se trata de um caso de assassinato, somos forçados a confiar na discrição da polícia. Elas contêm listas de valores e vários demonstrativos financeiros. Acho que o senhor descobrirá que, se colocar um dos seus homens para datilografar tudo isso, não concluirá a tarefa em menos de uma hora. — Ele fez uma pausa. — Satisfeito, espero?

— Não é questão de suspeita — respondeu Weston, com gentileza. — Todos na ilha serão chamados a prestar contas de seus movimentos entre 10h45 e 11h40 de hoje.

— Certo.

— Mais uma coisa, Capitão Marshall. O senhor tem conhecimento sobre como sua esposa teria se desfeito de quaisquer bens ou propriedades que tivesse?

— O senhor quer saber de testamentos? Acho que ela nunca fez um.

— Mas não tem certeza?

— Os advogados dela são da Barkett, Markett & Applegood, na Bedford Square. Eles cuidavam de todos os seus contratos e coisas do tipo. Mas tenho quase certeza de que ela nunca fez um testamento, e disse uma vez que essas coisas lhe davam arrepios.

— Nesse caso, se ela morreu sem deixar testamento, o senhor, como marido dela, a sucederá em seus bens.

— Sim, suponho que sim.

— Ela tinha algum parente próximo?

— Acho que não. Se tinha, nunca os mencionou. Sei que o pai e a mãe morreram quando ela era criança e que não tinha irmãos nem irmãs.

— De qualquer forma, suponho que ela não tinha muito o que deixar?

— Pelo contrário — retrucou friamente o Capitão Marshall. — Há apenas dois anos, Sir Robert Erskine, um antigo amigo dela, morreu e deixou para ela a maior parte de sua fortuna. Somava, acho, cerca de cinquenta mil libras.

O Inspetor Colgate ergueu os olhos, um alerta em seu olhar. Até então ele estava em silêncio, mas perguntou:

— Então, na verdade, Capitão Marshall, sua esposa era uma mulher rica?

Kenneth Marshall deu de ombros.

— Acho que ela era, sim.

— E o senhor mantém que ela não tinha um testamento?

— Podem perguntar aos advogados. Mas tenho quase certeza de que não. Como comentei, ela achava que dava azar.

Houve uma pausa, e então Marshall acrescentou:

— Mais alguma coisa?

Weston fez que não com a cabeça.

— Acho que não... Colgate? Não. Mais uma vez, Capitão Marshall, permita-me oferecer-lhe minhas condolências pela sua perda.

Marshall piscou.

— Ah... obrigado — falou bruscamente.

E saiu.

V

Os três homens se entreolharam.

Weston comentou:

— Do tipo frio. Não está oferecendo nada de bandeja, não é? O que acha dele, Colgate?

O coronel balançou a cabeça.

— É difícil dizer. Não é do tipo que demonstra nada. Homens assim causam uma má impressão no banco das testemunhas, mas é um pouco injusto com eles, na verdade. Às vezes, estão arrasados e ainda assim não conseguem demonstrar. Foram atitudes desse gênero que fizeram o júri dar o veredito de culpado a Wallace. Não foram as evidências. Os jurados simplesmente não conseguiam acreditar que um homem pudesse perder a esposa e falar e agir de forma tão fria.

Weston virou-se para Poirot.

— O que acha, meu caro?

O detetive belga levantou as mãos.

— O que se pode dizer? Ele é um cofre trancado a sete chaves... uma ostra fechada. Já escolheu seu papel. Não ouviu nada, não viu nada, não sabe de nada!

— Temos uma variedade de motivos — colocou Colgate. — Ciúme... e a herança. Claro, de certa forma, o marido é o suspeito óbvio. A gente naturalmente pensa nele primeiro.

Se soubesse que a esposa estava tendo um caso com o outro sujeito...

— Acho que ele sabia — interrompeu Poirot.

— Por que você diz isso?

— Escute, meu amigo. Ontem à noite eu estava conversando com Mrs. Redfern no Rochedo do Sol. Desci para o hotel e no caminho vi os dois juntos... Mrs. Marshall e Patrick Redfern. E, um momento ou dois depois, encontrei o Capitão Marshall. Seu rosto estava muito tenso, mas, além disso, não demonstrava nada... nada mesmo! Estava quase vazio *demais*, se é que me entende. Ah! Ele sabia, sim.

Colgate resmungou, meio descrente.

— Ah, bem, se você pensa assim...

— Tenho certeza! Mas, mesmo assim, o que isso nos diz? O que Kenneth Marshall *sentia* em relação à esposa?

— Está levando a morte dela com bastante calma.

Poirot balançou a cabeça, insatisfeito.

— Às vezes, esses tipos quietos são os mais violentos no fundo, por assim dizer — argumentou o Inspetor Colgate. — Está tudo reprimido. Ele pode ter sido loucamente apaixonado por ela... e loucamente enciumado. Mas não é do tipo que demonstra.

— Isso é possível... sim — concordou Poirot, lentamente. — É um personagem muito interessante, esse Capitão Marshall. Eu me interesso muito por ele. E pelo seu álibi.

— Uma máquina de escrever — comentou Weston com uma risada curta. — O que tem a dizer sobre isso, Colgate?

O Inspetor Colgate estreitou os olhos e disse:

— Bem, sabe, senhor, eu gosto bastante desse álibi. Não é muito bom, se é que me entende. É... Bem, é *natural*. E se descobrirmos que a camareira estava mesmo por perto e ouviu a máquina de escrever, bem, então, parece-me que está tudo correto e que teremos que procurar outro suspeito.

— Hum — disse Weston. — Por onde começar?

VI

Por um ou dois minutos os três homens ponderaram a questão.

O Inspetor Colgate falou primeiro.

— Tudo se resume a isto... foi um estranho, ou um hóspede do hotel? Não estou eliminando os empregados por completo, vejam bem, mas não acho nem por um minuto que encontremos algum deles envolvido no caso. Não, ou foi um hóspede do hotel, ou foi alguém de fora. Temos que olhar da seguinte forma. Primeiro de tudo... o motivo. Temos o motivo de ganho financeiro. A única pessoa a ganhar com a morte dela foi o marido, ao que parece. Que outros motivos existem? O mais importante... ciúme. Parece-me, à primeira vista, que se alguma vez vimos um *crime passionnel*... — Ele se curvou para Poirot. — Foi agora.

— Há tantas paixões — murmurou Poirot, olhando para o teto.

— O marido declarou com todas as letras que ela não tinha inimigos... inimigos de verdade, isto é. Mas não acredito nem por um minuto que seja o caso! Eu diria que uma dama como ela... Bem, ela faria alguns inimigos bem ruins... Hum, senhor, o que me diz?

— *Mais oui*, é isso mesmo. Arlena Marshall teria inimigos. Mas, na minha opinião, tal teoria não é sustentável, pois veja, inspetor, os inimigos de Arlena Marshall seriam, na minha opinião, como disse agora há pouco, sempre *mulheres*.

O Coronel Weston resmungou e concordou:

— Tem algo aí. Foram as mulheres que enfiaram a faca nela aqui, com certeza.

— Parece quase impossível que esse crime tenha sido cometido por uma mulher. O que dizem as evidências médicas? — continuou Poirot.

Weston murmurou novamente.

— Neasdon está bem confiante de que o crime foi cometido por um homem. Mãos grandes, bem fortes. É possível, claro, que uma mulher excepcionalmente atlética o tenha feito... mas é bem improvável.

Poirot assentiu.

— Exatamente. Arsênico em uma xícara de chá, uma caixa de chocolates envenenados... uma faca, até mesmo uma pistola... mas estrangulamento... *non*! Estamos atrás de um homem. E imediatamente a questão fica mais difícil. Há duas pessoas aqui neste hotel que tinham motivos para desejar que Arlena Marshall estivesse fora do caminho... mas ambas são mulheres.

— A esposa de Redfern é uma delas, suponho? — perguntou o coronel.

— Sim. Mrs. Redfern poderia ter decidido matar Arlena Stuart. Tinha, digamos, motivos mais do que suficientes. Acho, também, que seria possível que Mrs. Redfern cometesse um assassinato. Mas não desse tipo. Apesar de toda a sua infelicidade e ciúme, ela não é, eu diria, uma mulher de paixões fortes. No amor, seria devotada e leal, não apaixonada. Como disse agora mesmo... arsênico na xícara de chá, talvez... Estrangulamento, não. Tenho certeza, também, de que seria fisicamente incapaz de cometer esse crime... Mãos e pés pequenos, abaixo da média.

Weston assentiu e disse:

— Isso não é crime de mulher. Não, um homem fez isso.

O Inspetor Colgate tossiu.

— Permita-me propor uma solução, senhor. Digamos que, antes de conhecer Mr. Redfern, a moça teve outro caso com alguém... Vamos chamá-lo de X. Ela rejeita X por Mr. Redfern. X fica louco de raiva e ciúmes. Ele a segue até o litoral, hospeda-se em algum lugar na vizinhança, vem até a ilha e a mata. É uma possibilidade!

— É *possível*, é claro — disse Weston. — E, se for o caso, será fácil provar. O homem veio a pé ou de barco? A última opção parece mais provável. Se sim, ele deve ter alugado um barco em algum lugar. É melhor começar a fazer perguntas.

O homem olhou para Poirot.

— O que acha da sugestão de Colgate?

— De alguma forma, deixa muito ao acaso — respondeu Poirot, lentamente. — E, além disso... em algum ponto a imagem não é verdadeira. Não consigo, veja bem, imaginar esse homem... Um homem que está louco de raiva e ciúmes.

— As pessoas ficavam mesmo *loucas* por ela, senhor. Veja Redfern.

— Sim, sim... Mas mesmo assim...

Colgate olhou para ele interrogativamente. Poirot balançou a cabeça e disse, franzindo a testa:

— Deixamos algum detalhe passar, em algum momento...

Capítulo 6

O Coronel Weston estava examinando o registro de hóspedes do hotel.

Então, leu em voz alta:

— Major e Mrs. Cowan,
Miss Pamela Cowan,
Master Robert Cowan,
Master Evan Cowan, de Rydal's Mount, Leatherhead.
Mr. e Mrs. Masterman,
Mr. Edward Masterman,
Miss Jennifer Masterman,
Mr. Roy Masterman,
Master Frederick Masterman, de
5 Marlborough Avenue, Londres, NW.
Mr. e Mrs. Gardener, de Nova York.
Mr. e Mrs. Redfern, de Crossgates, Seldon,
Princes Risborough.
Major Barry, de 18 Cardon St., St James, Londres, SW1.
Mr. Horace Blatt, de 5 Pickersgill Street, Londres, EC2.
Monsieur Hercule Poirot, de Whitehaven Mansions,
Londres, W1.
Miss Rosamund Darnley, de 8 Cardigan Court, W1.
Miss Emily Brewster, de Southgates, Sunbury-on-Thames.

Rev. Stephen Lane, de Londres.
Capitão e Mrs. Marshall, Miss Linda Marshall,
de 73 Upcott Mansions, Londres, SW7.

Ele parou.

O Inspetor Colgate tomou a palavra.

— Acho, senhor, que podemos apagar as duas primeiras entradas. Mrs. Castle me disse que os Masterman e os Cowan vêm para cá todo verão com os filhos. Hoje de manhã eles saíram para uma excursão de barco e vão almoçar fora. Partiram logo depois das nove. Um homem chamado Andrew Baston os levou. Podemos verificar com ele, mas acho que podemos riscá-los da lista.

Weston assentiu.

— Concordo. Vamos eliminar todos que pudermos. Você pode nos dar uma dica sobre qualquer um dos outros, Poirot?

— Superficialmente, isso é fácil — disse Poirot. — Os Gardener são um casal de meia-idade, agradável, viajado. Só a esposa fala. O marido aquiesce. Ele joga tênis e golfe e tem um humor irônico que é agradável quando é possível ouvi-lo.

— Parecem tranquilos.

— Próximo... os Redfern. Mr. Redfern é jovem, atraente para as mulheres, um nadador magnífico, um bom jogador de tênis e um dançarino talentoso. Já falei da esposa para você. É quieta, bonita de um jeito desbotado. Na minha opinião, é devotada ao marido. Tem algo que Arlena Marshall não tinha.

— O que é isso?

— Inteligência.

O Inspetor Colgate suspirou.

— Inteligência não conta muito quando se trata de paixão, senhor.

— Talvez não. Ainda assim, acredito que, apesar de sua paixão por Mrs. Marshall, Patrick Redfern realmente se importa com a esposa.

— É possível, senhor. Não seria a primeira vez que isso acontece.

— Que pena! — murmurou Poirot. — É sempre a coisa que as mulheres acham mais difícil de acreditar. Major Barry. Militar aposentado do Exército da Índia Britânica. Um admirador de mulheres. Um contador de histórias longas e chatas.

O Inspetor Colgate deu outro suspiro.

— Já entendi. Conheço alguns do tipo, senhor.

— Mr. Horace Blatt. É, aparentemente, um homem rico. Fala muito... sobre si mesmo. Quer ser amigo de todos. É triste, pois ninguém gosta muito dele. E há algo mais. Ontem à noite ele me fez muitas perguntas. Estava inquieto. Sim, há algo de estranho em Mr. Blatt.

Poirot fez uma pausa e continuou, com uma mudança na voz:

— A seguir temos Miss Rosamund Darnley. O nome da empresa dela é Rose Mond Ltd. É uma estilista famosa. O que posso dizer dela? Tem cérebro, charme e elegância. É muito bonita. — Ele fez uma pausa e acrescentou: — E é uma velha amiga do Capitão Marshall.

Weston ajeitou-se na cadeira.

— Ah, é mesmo, é?

— Sim. Eles não se encontravam havia alguns anos.

— Ela sabia que ele estaria aqui? — perguntou Weston.

— Ela diz que não.

Poirot fez uma pausa e então continuou.

— Quem vem a seguir? Miss Brewster. Considero-a um pouco chocante. — Ele balançou a cabeça. — Tem uma voz masculina. É seca e o que se costuma chamar de atlética. Ela faz remo e tem um *handicap* de quatro no golfe. — Fez uma pausa. — Acredito, porém, que tenha um bom coração.

— Isso deixa apenas o reverendo Stephen Lane — disse Weston. — Quem é o reverendo Stephen Lane?

— Só posso lhe dizer uma coisa. É um homem que está em uma condição de grande tensão nervosa. Também é, acho, um fanático.

— Ah, esse tipo de pessoa — comentou o coronel.

— É isso. — Ele olhou para Poirot. — Você parece perdido em pensamentos, meu amigo.

— Sim. Porque, veja bem, quando Mrs. Marshall partiu no barco hoje cedo e me pediu para não contar a ninguém que havíamos nos falado, imediatamente cheguei a certa conclusão. Pensei que a relação dela com Patrick Redfern tinha causado problemas entre ela e o marido. Pensei que estava indo encontrar Patrick Redfern em algum lugar e que não queria que o marido soubesse onde estava. — Poirot fez uma pausa. — Mas foi aí, vejam bem, onde me enganei. Porque, embora seu marido tenha aparecido quase de imediato na praia e perguntado se eu tinha visto Mrs. Marshall, Patrick Redfern também apareceu... e pôs-se a procurá-la de forma ainda mais incisiva e óbvia! Portanto, meus amigos, estou me perguntando: *quem Arlena Marshall foi encontrar?*

— Isso se encaixa na *minha* teoria. Um homem de Londres ou de algum outro lugar — replicou o Inspetor Colgate.

Hercule Poirot negou com a cabeça.

— Mas, meu amigo, de acordo com sua teoria, Arlena Marshall havia rompido com esse homem mítico. Por que, então, ela se daria tanto trabalho e esforço para encontrá-lo?

O outro repetiu o gesto de negação.

— Quem *você* acha que foi?

— É exatamente isso que não consigo imaginar. Acabamos de repassar a lista de hóspedes do hotel. São todos de meia-idade... sem graça. Qual deles Arlena Marshall preferiria a Patrick Redfern? Não, isso é impossível. E, ainda assim, ela *foi* encontrar alguém... e esse alguém não era Patrick Redfern.

— Você não acha que ela simplesmente saiu sozinha? — murmurou Weston.

Poirot discordou.

— *Mon cher* — começou. — É muito evidente que você não conhecia a falecida. Certa vez alguém escreveu um tratado erudito sobre o que o confinamento solitário significaria para Beau Brummel ou para um homem como Newton. Arlena Marshall, meu querido amigo, praticamente não existiria na solidão. Ela só vivia à luz da admiração de um homem. Não, Arlena Marshall foi encontrar *alguém* esta manhã. *Mas quem?*

II

O Coronel Weston suspirou e balançou a cabeça.

— Bem, podemos pensar em teorias mais tarde. Temos que fazer essas entrevistas agora. Determinar tintim por tintim onde todos estavam. Acho que é melhor chamarmos a filha do Capitão Marshall agora. Ela pode nos contar algo útil.

Linda Marshall entrou na sala toda desajeitada, esbarrando no batente da porta. Estava com a respiração acelerada e as pupilas dilatadas. Parecia um potro jovem e assustado. O Coronel Weston sentiu um impulso gentil em relação à jovem. Pensou: "Pobre criança... não passa de uma criança, afinal. Deve ter sido um choque e tanto para ela."

Ele puxou uma cadeira e disse, com uma voz reconfortante:

— Desculpe por fazê-la passar por isso, senhorita... Linda, não é?

— Isso mesmo, Linda.

A voz dela tinha aquela qualidade ofegante e retraída que é frequentemente característica de colegiais. As mãos repousavam impotentes na mesa na frente dele... mãos patéticas, grandes e vermelhas, com pulsos longos. Weston pensou: "Uma criança não deveria se envolver nesse tipo de coisa."

— Não há nada com que se alarmar nisto tudo — falou, em tom tranquilizador. — Só queremos que a senhorita nos conte qualquer coisa que pense ser útil, só isso.

— O senhor quer dizer... sobre Arlena? — perguntou Linda.

— Sim. Você a viu hoje de manhã?

A garota fez que não com a cabeça.

— Não. Arlena sempre desce bem tarde. Ela toma café da manhã na cama.

— E você, mademoiselle? — questionou Poirot.

— Ah, eu levanto. Tomar café da manhã na cama é tão *antiquado*.

— Você pode nos contar o que fez esta manhã? — perguntou Weston.

— Bem, primeiro dei um mergulho e tomei meu café, depois fui com Mrs. Redfern à Enseada da Gaivota.

— A que horas você e Mrs. Redfern saíram? — perguntou Weston.

— Ela disse que estaria me esperando no saguão às dez e meia. Fiquei com medo de me atrasar, mas não tive problemas. Saímos por volta de 10h27.

— E o que vocês fizeram na Enseada da Gaivota? — perguntou Poirot.

— Ah, eu passei óleo de bronzear e peguei sol. Mrs. Redfern desenhou. Então, mais tarde, fui dar um mergulho e Christine voltou ao hotel para se trocar e jogar tênis.

Weston perguntou, mantendo a voz bastante casual:

— Você se lembra que horas eram?

— Quando Mrs. Redfern voltou para o hotel? 11h45.

— Tem certeza deste horário, 11h45?

Linda, arregalando os olhos, confirmou.

— Ah *sim*. Eu vi no meu relógio.

— O relógio que está usando agora?

Linda olhou para o pulso.

— Sim.

— Se importa se eu der uma olhada? — pediu Weston.

A moça estendeu o pulso. O homem comparou o objeto com o seu próprio e com o do hotel, na parede. Com um sorriso, disse:

— Muito bem ajustado. E depois disso você foi nadar?

— Sim.

— E voltou para o hotel... quando?

— Perto das treze horas. E... e então... eu fiquei sabendo... de Arlena...

Sua voz mudou. O Coronel Weston perguntou:

— A senhorita... hum... se dava bem com sua madrasta? — perguntou o Coronel Weston.

Linda o encarou por um minuto, até que respondeu:

— Ah, sim.

— Você gostava dela, mademoiselle? — questionou Poirot.

— Ah, sim. — E acrescentou: — Arlena era muito gentil comigo.

Weston brincou, em uma piada um tanto desconfortável:

— Nada de madrasta má, hein?

Linda negou com a cabeça sem sorrir.

— Maravilha. Que maravilha. Às vezes, sabe, há um pouco de dificuldade nas famílias... ciúme... essas coisas. O pai e a filha são muito próximos e então a menina se ressente um pouco quando o pai fica todo envolvido com a nova esposa. Você não se sentiu assim?

Linda olhou para ele e respondeu com sinceridade óbvia:

— Ah, não.

— Imagino que seu pai estivesse... hum... muito envolvido com ela? — falou Weston.

— Não sei — disse Linda, direta.

— Muitas dificuldades, como eu disse, surgem nas famílias — insistiu o coronel. — Brigas... discussões... esse tipo de coisa. Se marido e mulher ficam irritados um com o outro, a situação acaba sendo um pouco estranha para uma filha também. Algo desse tipo?

Linda resolveu ir direto ao ponto.

— O senhor quer saber se meu pai e Arlena brigavam?

— Bem... sim.

Weston pensou consigo mesmo: "Que horror... ter que questionar uma criança sobre o próprio pai. Por que alguém sequer se torna policial? Droga, mas essas perguntas precisam ser feitas."

— Ah, não — disse Linda decisivamente, depois acrescentou: — Meu pai não briga com as pessoas. Ele não é assim.

— Agora, senhorita, peço que pense com muito cuidado — solicitou Weston. — Tem alguma ideia de quem pode ter matado sua madrasta? Já ouviu ou soube de algo que poderia nos ajudar nesse quesito?

A jovem ficou em silêncio por um minuto. Ela parecia estar dando à questão uma consideração séria e dedicada. Por fim, respondeu:

— Não, não sei quem poderia querer matar Arlena. — Então completou: — Exceto, é claro, Mrs. Redfern.

— Você acha que Mrs. Redfern queria matá-la? Por quê? — questionou Weston.

— Porque o marido dela estava apaixonado por Arlena. Mas não acho que ela iria de fato *matá-la*. Quer dizer, acho que ela apenas gostaria que Arlena estivesse morta... e isso não é a mesma coisa, é?

Poirot concordou com gentileza.

— Não, certamente não é a mesma coisa.

Linda assentiu. Seu rosto foi afetado por um espasmo estranho quando disse:

— E, de qualquer forma, Mrs. Redfern nunca poderia fazer uma coisa dessas... matar alguém. Ela não é... ela não é *violenta*, se é que me entendem.

Weston e Poirot assentiram.

— Eu sei exatamente o que quer dizer, minha filha, e concordo — afirmou Poirot. — Mrs. Redfern não é daquelas pessoas que, como dizem, "perdem a cabeça". Ela não seria...

— Ele se recostou, com os olhos entreabertos, escolhendo as palavras com cuidado. — ... tomada por uma tempestade de sentimentos, vendo a vida se estreitar à sua frente, um rosto e um pescoço pálido de alguém que odiasse... sentindo as mãos se fecharem... desejando senti-las afundar na carne...

Ele ficou em silêncio.

Linda se afastou bruscamente da mesa e perguntou com a voz trêmula:

— Posso ir agora? É só isso?

O Coronel Weston concordou:

— Sim, sim, é só isso. Obrigada, Miss Linda.

Ele se levantou para abrir a porta para a moça, depois voltou para a mesa e acendeu um cigarro.

— Ufa — disse. — Não é um trabalho agradável, o nosso. Posso dizer que me senti um pouco baixo questionando aquela criança sobre a relação entre o pai e a madrasta. Quase convidando a garota a colocar uma corda no pescoço do pai. Mesmo assim, tinha que ser feito. Assassinato é assassinato. E ela é a pessoa que mais provavelmente saberia a verdade das coisas. Fico bastante aliviado, no entanto, por Miss Linda não ter nada a nos dizer nessa linha.

— Sim, pensei que você estaria — concordou Poirot.

Weston soltou uma tosse envergonhada.

— A propósito, Poirot, você foi um pouco longe demais, pensei no final. Toda aquela coisa de mãos afundando na carne! Não é bem o tipo de ideia para se colocar na cabeça de uma criança.

Hercule Poirot o encarou com olhos pensativos e perguntou:

— Então você pensou que eu estava colocando ideias na cabeça dela?

— Bem, não estava? Por favor.

Poirot balançou a cabeça. Weston mudou de assunto e disse:

— No geral, conseguimos muito pouco dela. Exceto um álibi mais ou menos completo para a mulher Redfern. Se elas estavam juntas das 10h30 até 11h45, isso prova que Christine Redfern não estava envolvida nisso. Acaba a suspeita da esposa ciumenta.

— Há razões melhores do que essa para livrar Mrs. Redfern — constatou Poirot. — Estou convencido de que seria física e mentalmente impossível para ela estrangular alguém. A mulher tem sangue frio, não quente, é capaz de profunda devoção e constância inabalável, mas não de paixão ou raiva em ebulição. Além disso, suas mãos são pequenas e delicadas demais.

— Concordo com Monsieur Poirot — pronunciou-se Colgate. — Ela está fora. O Dr. Neasdon diz que foi um par de mãos de tamanho normal que estrangulou aquela dama.

— Bem, acho que é melhor vermos os Redfern em seguida. Espero que ele já tenha se recuperado um pouco do choque a essa altura — comentou Weston.

III

Patrick Redfern já havia recuperado a compostura por completo. Ele parecia pálido e abatido e de repente muito jovem, mas seus trejeitos eram bastante compostos.

— O senhor é Mr. Patrick Redfern de Crossgates, Seldon, Princes Risborough?

— Sim.

— Há quanto tempo conhece Mrs. Marshall?

— Três meses — disse Mr. Redfern, hesitante.

— O Capitão Marshall nos contou que o senhor e Mrs. Marshall se conheceram por acaso em um coquetel. É isso mesmo? — perguntou Weston.

— Sim, foi isso que aconteceu.

— O Capitão Marshall deu a entender que, até se encontrarem aqui, vocês não se conheciam bem. É verdade, Mr. Redfern? — continuou o inspetor.

O homem hesitou mais uma vez.

— Bem... não exatamente. Na verdade, eu a vi várias vezes, de uma forma ou de outra.

— Sem o conhecimento do Capitão Marshall?

Redfern corou de leve.

— Não sei se ele sabia ou não.

— E foi também sem o conhecimento de sua esposa, Mr. Redfern? — murmurou Hercule Poirot.

— Acredito que mencionei à minha esposa que conheci a famosa Arlena Stuart.

— Mas ela não sabia com que frequência você via Mrs. Marshall? — insistiu o detetive belga.

— Bem, talvez não.

— O senhor e Mrs. Marshall combinaram de se encontrar aqui? — Foi a vez do Coronel Weston interrogá-lo.

Redfern ficou em silêncio por um momento. Então deu de ombros.

— Ah, bem — disse ele —, suponho que não haja sentido tentar guardar segredo agora. Não vou tentar esconder. Eu era louco por aquela mulher, perdidamente apaixonado... como quiser dizer. Ela queria que eu viesse para cá. Hesitei um pouco, mas depois concordei. Eu... eu... Bem, eu teria concordado em fazer qualquer coisa que pudesse e fosse do seu agrado. Ela tinha esse tipo de efeito nas pessoas.

— Você pinta uma imagem muito clara dela. Ela era a eterna Circe. Simples assim! — afirmou Poirot.

Patrick Redfern concordou amargamente.

— Ela transformava homens em porcos, realmente! Estou sendo sincero com os senhores. Não vou esconder nada. De que adianta? Como disse, eu estava apaixonado por ela. Se Arlena tinha sentimentos a meu respeito ou não, não sei dizer. Ela fingia, mas acho que era uma dessas mulheres que perdem o interesse em um homem depois que o têm de corpo e alma. Ela sabia que tinha me conquistado. Hoje pela manhã, quando a encontrei na praia, morta, foi como se... — Mr. Redfern fez uma pausa. — Como se algo tivesse me atingido bem no rosto. Fiquei atordoado... nocauteado!

Poirot se inclinou para a frente.

— E agora?

Patrick Redfern o encarou.

— Eu falei a verdade. O que quero perguntar é... *o quanto disso precisa vir a público?* Não é como se tivesse alguma relação com a morte dela. E, se tudo vier à tona, vai ser muito difícil para minha esposa.

Depois de um segundo, ele continuou:

— Ah, eu entendo. Vocês acham que não pensei muito na minha esposa até agora, não é? Talvez seja verdade. Mas, embora eu possa parecer o pior tipo de hipócrita, a verdade é que me importo com ela, profundamente. — Ele deu de ombros. — A outra... Foi uma loucura, o tipo de idiotice que os homens fazem... mas Christine é diferente. Ela é *real*. Por pior que eu a tenha tratado, sempre soube, no fundo, que ela é a pessoa que realmente importa. — Patrick Redfern fez uma pausa, suspirou, e completou, um tanto pateticamente: — Eu queria poder fazê-los acreditar nisso.

— Mas eu acredito. Sim, sim, eu acredito! — garantiu-lhe Poirot.

O homem olhou para ele com gratidão.

— Obrigado.

O Coronel Weston limpou a garganta.

— Pode ter certeza, Mr. Redfern, que não entraremos em irrelevâncias. Se sua paixão por Mrs. Marshall não teve nenhum envolvimento no assassinato, então não haverá sentido em arrastar a questão para o caso. Mas o que o senhor parece não perceber é que essa... hum... intimidade... pode ter uma relação muito direta com o assassinato. Pode estabelecer, se é que me entende, um *motivo* para o crime.

— Motivo? — perguntou Patrick Redfern.

— Sim, Mr. Redfern, *motivo*! O Capitão Marshall talvez não soubesse do caso. Suponha que ele descobrisse de repente?

Redfern arfou.

— Ah, meu Deus! O senhor quer dizer que ele descobriu e… e a matou?

— Essa possibilidade não lhe ocorreu? — retrucou secamente o chefe da polícia.

O outro negou.

— Não… engraçado. Nunca pensei nisso. Veja, Marshall é um sujeito tão quieto. Eu… Ah, não parece provável.

— Qual era a atitude de Mrs. Marshall em relação ao marido em tudo isso? — questionou o Coronel Weston. — Ela sentia-se… bem, inquieta… diante da possibilidade de isso chegar aos ouvidos dele? Ou era indiferente?

— Ela estava… um pouco nervosa — respondeu Redfern lentamente. — Não queria que ele suspeitasse de nada.

— Arlena parecia ter medo do marido?

— Medo? Não, eu não diria isso.

— Com licença, Mr. Redfern. Em nenhum momento surgiu a questão do divórcio? — perguntou Poirot, em tom baixo.

Patrick Redfern negou com a cabeça decisivamente.

— Ah, não, não havia nenhuma discussão de nada assim. Havia Christine, veja bem. E Arlena, tenho certeza, nunca pensou em tal coisa. Ela estava perfeitamente satisfeita em estar casada com Marshall. Ele é… Bem, um figurão, de certa forma… — Mr. Redfern sorriu de repente. — Grã-fino, todo esse tipo de coisa, e muito bem de vida. Ela nunca pensou em mim como um possível *marido*. Não, eu não passava de mais um em uma sucessão de pobres vira-latas, apenas algo para passar o tempo. Eu sabia disso desde o início, e ainda assim, por mais estranho que pareça, isso não alterou meus sentimentos em relação a ela…

O homem se interrompeu e ficou ali sentado, pensando. O Coronel Weston o lembrou das necessidades do momento.

— Agora, Mr. Redfern, o senhor tinha algum compromisso específico com Mrs. Marshall hoje pela manhã?

Patrick Redfern pareceu um pouco confuso.

— Não era nenhum compromisso específico, não. Nós geralmente nos encontrávamos todas as manhãs na praia. Costumávamos passar o tempo nas boias.

— Você ficou surpreso por não encontrar Mrs. Marshall esta manhã?

— Sim, fiquei. Muito. Não entendi nada.

— O que você achou?

— Bem, eu não sabia o que pensar. Quer dizer, o tempo todo achei que ela apareceria.

— Se ela tivesse um compromisso em outro lugar, o senhor não tem ideia de com quem esse poderia ser?

Patrick Redfern apenas o encarou fixamente e balançou a cabeça.

— Quando você tinha um encontro com Mrs. Marshall, onde se encontravam?

— Bem, às vezes eu a encontrava à tarde na Enseada da Gaivota. Veja bem, o sol não bate lá à tarde, então geralmente não há muita gente. Nós nos encontramos lá uma ou duas vezes.

— Nunca na outra enseada? A Enseada do Duende?

— Não. A Enseada do Duende é voltada para o oeste, então as pessoas vão até lá à tarde, em barcos ou em boias. Nunca tentamos nos encontrar de manhã. Teria sido muito perceptível. À tarde, as pessoas vão tirar uma *siesta* ou passear, e ninguém sabe direito onde os outros estão.

Weston assentiu.

— Depois do jantar, é claro, nas noites mais bonitas, costumávamos sair para passear juntos por diferentes partes da ilha — continuou Mr. Redfern.

— Ah, sim! — falou Poirot ainda baixo.

Patrick Redfern lançou-lhe um olhar inquisitivo.

— Então o senhor não pode nos ajudar em nada quanto ao motivo que levou Mrs. Marshall à Enseada do Duende hoje de manhã? — perguntou o Coronel Weston.

Redfern balançou a cabeça e respondeu, em uma voz honestamente perplexa.

— Não tenho a mínima ideia! Não era do feitio da Arlena.

— Ela tinha algum amigo hospedado na vizinhança?

— Não que eu saiba. Ah, tenho certeza de que não.

— Agora, Mr. Redfern, quero que pense com muito cuidado. O senhor conheceu Mrs. Marshall em Londres. Deve ter conhecido vários membros do círculo dela também. Há alguém de que se lembre que poderia manter algum rancor dela? Alguém, por exemplo, que o senhor pode ter suplantado na admiração dela?

Patrick Redfern pensou por um momento, então fez que não com a cabeça.

— Sinceramente — respondeu —, não consigo pensar em ninguém.

O Coronel Weston tamborilou os dedos na mesa e concluiu

— Bem, é isso. Parece que nos restam três possibilidades. A de um assassino desconhecido, algum monomaníaco que por acaso estava na vizinhança... e isso é uma tarefa bem difícil...

— E, ainda assim, certamente, é de longe a explicação mais provável — interrompeu Redfern.

Weston negou.

— Este não foi um assassinato simples. Aquele ponto da enseada é bem difícil de acessar. Ou o homem teria que subir pela ponte, passar pelo hotel, atravessar a ilha e descer por aquela escada, ou então chegou lá de barco. De qualquer forma, é improvável que tenha sido um crime não premeditado.

— Você disse que havia três possibilidades — afirmou Mr. Redfern.

— Hum... sim — disse o chefe de polícia. — Quer dizer, havia duas pessoas nesta ilha que tinham motivo para matá-la. O marido dela era uma, e sua esposa era a outra.

Redfern o encarou, estupefato.

— Minha esposa? Christine? Você quer dizer que *Christine* teve alguma coisa a ver com isso?

Ele se levantou e ficou ali, gaguejando um pouco em sua pressa incoerente de se expressar.

— Você está louco, completamente louco... Christine? Ora, é *impossível*. É risível!

— Ainda assim, Mr. Redfern — insistiu Coronel Weston —, o ciúme é um motivo muito poderoso. Mulheres ciumentas perdem completamente o controle de si mesmas.

Redfern permaneceu firme.

— Não Christine. Ela é... ah, ela não é assim. Ela estava infeliz, sim. Mas não é o tipo de pessoa que... Ah, não há um traço de violência nela.

Hercule Poirot assentiu pensativamente. Violência. A mesma palavra que Linda Marshall havia usado. Como antes, ele concordou com o sentimento.

— Além disso — continuou Redfern, com confiança —, seria absurdo. Arlena era fisicamente duas vezes mais forte que Christine. Duvido que Christine fosse capaz de estrangular um gatinho, que dirá uma mulher forte e determinada como Arlena. Ela nem sequer conseguiria descer aquela escada até a praia, pois tem medo desse tipo de coisa. E... ah, essa teoria toda é impossível!

O Coronel Weston coçou a orelha timidamente.

— Bem. Posto dessa forma, não parece provável. Eu concordo. Mas o motivo é a primeira coisa que temos que buscar. — Ele acrescentou: — Motivo e oportunidade.

IV

Quando Redfern saiu da sala, o chefe de polícia observou com um leve sorriso:

— Não achei necessário contar ao sujeito que a esposa tinha um álibi. Queria ouvir o que ele teria a dizer sobre a ideia. Ficou um pouco abalado, não foi?

— Os argumentos que ele apresentou são tão fortes quanto qualquer álibi — murmurou Poirot.

— Sim. Ah! Ela não fez isso! Ela não poderia ter feito isso... fisicamente impossível, como você disse. Marshall *poderia* ter feito isso... mas aparentemente não o fez.

O Inspetor Colgate tossiu.

— Com licença, senhor, eu estava pensando nesse álibi. É possível, sabe, caso ele tenha pensado nisso, que essas cartas tenham sido datilografadas com *antecedência*.

— Essa é uma boa ideia. Precisamos investigar... — disse Weston.

Ele se interrompeu quando Christine Redfern entrou na sala.

A mulher estava, como sempre, calma e bem-arrumada. Usava um vestido branco de tenista e um suéter azul-claro. Acentuava sua beleza pálida e um tanto anêmica. No entanto, Hercule Poirot pensou consigo mesmo, não era um rosto bobo nem fraco. Tinha bastante determinação, coragem e bom senso. Ele assentiu em apreciação.

O Coronel Weston pensou: “Uma mulherzinha simpática. Um pouco insossa, talvez. Boa demais para aquele jovem mulherengo do marido. Ah, bem, é um garoto. É normal ser feito de bobo por uma mulher uma vez na vida!”

— Sente-se, Mrs. Redfern — convidou Weston. — Temos que seguir uma certa rotina, veja bem. Pedir a todos um relato de seus movimentos pela manhã. Só para nossos registros.

Christine Redfern assentiu e disse, com sua voz calma e precisa:

— Ah sim, eu entendo perfeitamente. Por onde os senhores desejam que eu comece?

— O mais cedo possível, madame — respondeu Poirot. — O que a senhora fez ao acordar *esta manhã*?

— Deixe-me ver. No caminho para o café, passei no quarto de Linda Marshall e combinei com ela de ir à Enseada da Gaivota pela manhã. Combinamos de nos encontrar no saguão às 10h30.

— A senhora não mergulhou antes do café da manhã, madame? — questionou Poirot.

— Não. Raramente faço isso. — Ela sorriu. — Gosto que o mar esteja bem aquecido antes de entrar. Sou uma pessoa um tanto friorenta.

— Mas seu marido nada nesse horário?

— Ah, sim. Quase sempre.

— E Mrs. Marshall também?

Uma mudança ocorreu na voz de Christine, que tornou-se fria e quase ácida.

— Ah, não, Mrs. Marshall era o tipo de pessoa que nunca aparecia antes do meio da manhã.

— Perdão, madame, eu a interrompi — desculpou-se Poirot, com um ar de confusão. — Estava dizendo que foi ao quarto de Miss Linda Marshall. Que horas eram?

— Deixe-me ver... Por volta de 8h30... Não, um pouco mais tarde.

— E Miss Marshall já estava acordada?

— Ah sim, ela tinha saído.

— Saído?

— Sim, ela disse que tinha ido dar um mergulho.

Havia uma leve, muito leve nota de constrangimento na voz de Christine. Isso intrigou Hercule Poirot.

— E então? — indagou Weston.

— Depois desci para tomar café da manhã.

— E depois do café?

— Subi as escadas, peguei minha maleta de desenho e meu caderno, e saímos.

— A senhora e Miss Linda Marshall?

— Exato.

— Que horas eram?

— Acho que era perto de 10h30.

— E o que vocês duas fizeram?

— Fomos para a Enseada da Gaivota. Sabe, a enseada no lado leste da ilha. Nós nos acomodamos lá. Fiz um esboço e Linda tomou sol.

— A que horas a senhora saiu da enseada?

— Quinze minutos antes do meio-dia. Tinha um jogo de tênis marcado a essa hora e precisava me trocar.

— A senhora estava com seu relógio?

— Não, na verdade, não estava. Perguntei as horas para Linda.

— Entendo. E depois?

— Arrumei minhas coisas de desenho e voltei para o hotel.

— E Mademoiselle Linda? — perguntou Poirot.

— Linda? Ah, Linda ficou no mar.

— Vocês estavam sentadas longe do mar?

— Bem, estávamos bem acima da marca da maré alta. Perto do penhasco... para que eu pudesse ficar um pouco na sombra e Linda, no sol.

— Linda Marshall realmente entrou no mar antes que a senhora partisse? — insistiu o detetive belga.

Christine franziu um pouco a testa no esforço de se lembrar e disse:

— Deixe-me ver. Ela correu pela praia... Eu estava guardando minha maleta... Sim, eu a ouvi chapinhando nas ondas enquanto eu subia o penhasco.

— A senhora tem certeza disso, madame? De que ela realmente entrou no mar?

— Ah, sim.

Ela o encarou, surpresa. O Coronel Weston fez o mesmo.

— Continue, Mrs. Redfern — indicou Poirot.

— Voltei para o hotel, troquei de roupa e fui para as quadras de tênis, onde encontrei os outros.

— Que eram?

— Capitão Marshall, Mr. Gardener e Miss Darnley. Jogamos dois *sets*. Estávamos voltando para o hotel quando recebemos a notícia sobre... sobre Mrs. Marshall.

Hercule Poirot se inclinou para a frente e perguntou:

— E o que a senhora pensou quando ouviu essa notícia?

— O que eu pensei?

Seu rosto mostrou um leve desagrado com a pergunta.

— Sim.

— Foi... uma coisa horrível — respondeu ela, devagar.

— Ah, sim, a parte mais civilizada da senhora ficou horrorizada. Compreendo. Mas o que isso significou para a senhora... *pessoalmente*?

Ela lançou-lhe um olhar rápido, um olhar de súplica. Poirot respondeu a isso e falou, em um tom casual:

— Estou perguntando para a senhora, madame, que é uma mulher de inteligência, com muito bom senso e razão. Sem dúvida, durante sua estadia aqui, a senhora formou alguma opinião sobre Mrs. Marshall, sobre o tipo de mulher que ela era?

— Imagino que isso normalmente ocorra quando estamos hospedados em hotéis — respondeu Christine, com cautela.

— Sem dúvida, é uma coisa natural a se fazer. Então eu lhe pergunto, madame, a senhora ficou mesmo muito surpresa com a maneira como ela morreu?

— Acho que entendi o que o senhor quer dizer — disse, cuidadosamente. — Não, talvez eu não tenha ficado surpresa. Chocada, sim. Mas ela era o tipo de mulher...

Poirot terminou a frase para ela.

— Ela era o tipo de mulher com quem tal coisa talvez viesse a acontecer... Sim, madame, essa é a coisa mais verdadeira e significativa que foi dita nesta sala esta manhã. Deixando todos os... hum... — enfatizou o detetive, com delicadeza — ... *sentimentos pessoais* de lado, o que a senhora realmente achava da falecida Mrs. Marshall?

Christine Redfern respondeu com calma.

— Vale mesmo a pena entrar nestes detalhes agora?

— Acho que sim.

— Bem, o que posso dizer? — Sua pele pálida de repente ficou cheia de cor. O controle cuidadoso sobre sua postura relaxou. Por um curto momento, a mulher real e crua ficou exposta. — Ela era o tipo de mulher que, para mim, é de uma total inutilidade! Não fazia nada para justificar sua existência. Não era inteligente... nem sagaz. Não pensava em nada além de homens, roupas e bajulação. Inútil, uma parasita! Era atraente para os homens, imagino... Ah, decerto que era. E vivia para esse tipo de vida. Então, suponho, eu não fiquei realmente surpresa com seu fim desagradável. Ela era o tipo de mulher que se envolveria com tudo que fosse sórdido... chantagem, ciúme, violência... todo tipo de emoção grosseira. Ela... trazia à tona o pior nas pessoas.

Christine Redfern parou, ofegando um pouco. Seu lábio superior fino se ergueu em uma expressão de desgosto e tédio. Ocorreu ao Coronel Weston que era impossível encontrar um contraste mais gritante do que aquele entre Arlena Stuart e Christine Redfern. Também pensou que, se você fosse casado com Christine Redfern, o ar se tornaria tão rarefeito que as Arlena Stuarts deste mundo passariam a exercer uma atração especial sobre você.

E então, imediatamente após esses pensamentos, uma única palavra, entre todas as que ela havia proclamado, prendeu sua atenção com particular intensidade.

Ele se inclinou para a frente e perguntou:

— Mrs. Redfern, por que, ao falar dela, você mencionou a palavra *chantagem*?

Capítulo 7

Christine o encarou, parecendo não entender de imediato o que o coronel queria dizer. Sua reação foi quase mecânica.

— Suponho que... porque ela *estava* sendo chantageada. Era o tipo de pessoa que seria.

O Coronel Weston assumiu um ar sério.

— Mas... a senhora sabe com certeza que ela estava sendo chantageada?

Uma leve cor subiu às bochechas da moça, e ela respondeu, meio sem jeito:

— Na verdade, sim. Eu... eu entreouvi algo.

— Pode explicar, Mrs. Redfern?

Christine Redfern corou ainda mais.

— Não foi minha intenção bisbilhotar. Foi sem querer. Isso aconteceu há duas... não, três noites. Estávamos jogando *bridge*. — Ela se virou para Poirot. — O senhor se lembra? Meu marido e eu, Monsieur Poirot e Miss Darnley. Eu era o morto. Estava muito abafado na sala de jogos, e eu saí para respirar um pouco de ar fresco. Desci em direção à praia e de repente ouvi vozes. Uma delas... era de Arlena Marshall, logo percebi. Ela disse: "Não adianta me pressionar. Não tenho como conseguir mais dinheiro agora. Meu marido vai suspeitar de alguma coisa." E então uma voz masculina retrucou: "Não aceito desculpas. Você tem que pagar." E então ela respondeu: "Seu bruto chantagista!" E o homem insistiu: "Bruto ou não, você vai pagar, senhora."

Christine fez uma pausa.

— Eu me virei e um minuto depois Arlena Marshall passou correndo por mim. Ela parecia... bem, terrivelmente chateada.

— E o homem? Você sabe quem era? — perguntou Weston.

Christine Redfern balançou a cabeça.

— Ele manteve a voz baixa. Mal ouvi suas palavras.

— Não lhe lembrou da voz de ninguém conhecido?

Ela pensou por um momento novamente, mais uma vez balançou a cabeça em negação.

— Não, não sei. Era áspera e grave. Era... ah, poderia ter sido qualquer um.

— Obrigado, Mrs. Redfern — disse o Coronel Weston.

II

Quando a porta se fechou assim que Christine Redfern saiu, o Inspetor Colgate exclamou:

— Agora estamos chegando a algum lugar!

Weston perguntou:

— Você acha, é?

— Bem, é sugestivo, senhor, não tem como negar. Alguém neste hotel estava chantageando a mulher.

— Mas não é o perverso chantagista que jaz morto. É a vítima — murmurou Poirot.

— Isso é um pequeno contratempo, concordo — disse o inspetor. — Chantagistas não têm o hábito de matar suas vítimas. Mas o que essa informação nos dá é isso, uma razão para o comportamento curioso de Mrs. Marshall esta manhã. Ela devia ter um encontro marcado com o tal homem e não queria que nem o marido nem Redfern soubessem.

— Certamente explica esse ponto — concordou Poirot.

— E pense no lugar escolhido. — O Inspetor Colgate continuou. — O local perfeito para o propósito. A mulher sai em seu barquinho, isso é bastante natural. É o que faz todos os dias. Vai até a Enseada do Duende, um lugar que sempre está vazio pelas manhãs, tranquilo e discreto para uma reunião.

— Mas sim, eu também fiquei impressionado com esse ponto — afirmou Poirot. — É como você disse, um local ideal para um *rendezvous*. É deserto, acessível por terra somente por meio de uma escada vertical de aço que não é para qualquer um, *bien entendu*. Além disso, a maior parte da praia fica escondida da ilha por causa do penhasco saliente. E há outra vantagem, como Mr. Redfern comentou comigo outro dia. Há uma caverna ali, cuja entrada não é fácil de encontrar, mas onde qualquer um poderia esperar sem ser visto.

— Claro, a Caverna do Duende... lembro de ter ouvido falar dela — disse Weston.

— Não ouço falar disso há anos, no entanto — argumentou o Inspetor Colgate. — É melhor darmos uma olhada no lugar. Nunca se sabe, podemos encontrar alguma pista.

— Sim, está certo, Colgate: temos a solução para a primeira parte do quebra-cabeça. *Por que Mrs. Marshall foi para a Enseada do Duende?* Queremos, porém, a outra metade dessa solução. *Quem ela foi encontrar lá?* É de se presumir que seria algum hóspede deste hotel. Nenhum deles se encaixava no papel de amante... mas um chantagista é outra história — argumentou Weston.

Ele puxou o registro em sua direção.

— Excluindo os garçons, empregados etc., que não acho prováveis suspeitos, temos o seguinte. O americano Gardener, o Major Barry, Mr. Horace Blatt e o reverendo Stephen Lane.

— É possível reduzir um pouco a lista, senhor. Podemos praticamente descartar o americano, na minha opinião — sugeriu o Inspetor Colgate. — Ele passou a manhã toda na praia. Não foi isso, Monsieur Poirot?

— Ele se ausentou por um curto período quando foi buscar um novelo de lã para a esposa — respondeu Poirot.

— Ah, bem, não precisamos considerar isso — disse Colgate.

— E os outros três? — questionou Weston.

— Major Barry saiu às dez horas da manhã. Voltou às 13h30. Mr. Lane saiu mais cedo ainda. Tomou café da manhã às oito e disse que ia dar uma volta. Mr. Blatt saiu para velejar às 9h30, como faz na maioria dos dias. Nenhum dos dois voltou ainda.

— Velejar, hein?

O Coronel Weston soou pensativo, o que não passou despercebido pelo Inspetor Colgate.

— Pode se encaixar muito bem, senhor.

— Bem, vamos ter uma conversa com esse major… E deixe-me ver, quem mais? Rosamund Darnley. E Brewster, que estava com Redfern quando encontraram o corpo. Como ela é, Colgate?

— Ah, uma mulher sensata, senhor. Sem frescuras.

— Ela não expressou nenhuma opinião sobre a morte?

O inspetor balançou a cabeça.

— Não acho que ela terá mais nada a nos dizer, senhor, mas precisamos nos certificar. E ainda temos os americanos.

O Coronel Weston assentiu.

— Vamos chamá-los e acabar com isso o mais rápido possível. Nunca se sabe, podemos descobrir alguma coisa. Sobre a história da chantagem, se não sobre nada mais.

III

Mr. e Mrs. Gardener compareceram juntos à presença das autoridades. Mrs. Gardener explicou imediatamente:

— Espero que entenda, Coronel Weston… Acho que é esse seu nome? — Tranquilizada sobre esse ponto, ela continuou:

— Mas o que aconteceu foi um choque muito forte para mim, e meu marido sempre foi muito, muito cuidadoso com minha saúde...

Mr. Gardener a interrompeu.

— Mrs. Gardener é muito sensível.

— ... e ele me disse, "Ora, Carrie, naturalmente que vou junto com você". Não é que não tenhamos a maior admiração pelos métodos da polícia britânica, porque temos. Disseram-me que os procedimentos da polícia da Grã-Bretanha são os mais refinados e delicados, e eu nunca duvidei disso, e sem dúvida quando certa vez uma pulseira minha desapareceu no Hotel Savoy ninguém poderia ter sido mais amável e simpático do que o jovem policial que veio falar comigo sobre o assunto, e, claro, a pulseira não tinha realmente sido roubada, eu simplesmente me confundi sobre onde a havia guardado; esse é o pior de se apressar tanto, meio que acaba se esquecendo de onde colocou as coisas... — Mrs. Gardener fez uma pausa, respirou fundo e recomeçou. — E o que eu digo é, e sei que Mr. Gardener concorda comigo, que estamos ansiosos para fazer o que quer que seja possível para ajudar a força policial de todas as maneiras. Então vá em frente e me pergunte qualquer coisa que o senhor queira saber...

O Coronel Weston abriu a boca para atender ao convite, mas teve que adiar momentaneamente o discurso, pois Mrs. Gardener ainda não havia terminado.

— Foi o que eu disse, Odell, não foi? Não foi isso mesmo?

— Sim, querida — disse Mr. Gardener.

— Pelo que entendi, Mrs. Gardener, a senhora e seu marido ficaram na praia a manhã toda? — O Coronel Weston se apressou para falar.

Pela primeira vez, Mr. Gardener conseguiu responder primeiro.

— É isso mesmo — disse ele.

— Ora, certamente ficamos — confirmou a mulher. — E foi uma manhã adorável e tranquila, como qualquer outra, se é que me entende, talvez até mais, e não tínhamos a menor ideia do que estava se desenrolando perto dali, naquela praia solitária.

— Os senhores viram Mrs. Marshall hoje?

— Não. Eu até comentei com Odell, "Ora, onde é que Mrs. Marshall poderia estar esta manhã?", eu disse. Primeiro o marido dela foi procurá-la, depois aquele jovem bonito, Mr. Redfern, e como estava impaciente, sentado ali na praia, mantendo uma bela de uma carranca para tudo e para todos. Pensei com meus botões, veja bem, para que uma coisa dessas quando tem aquela esposa, tão linda e simpática, por que ele tinha que correr atrás daquela mulher terrível? Porque era exatamente isso que eu sentia em relação a ela. Sempre senti isso em relação a Mrs. Marshall, não é, Odell?

— Sim, querida.

— Como aquele simpático Capitão Marshall veio a se casar com uma mulher daquelas, simplesmente não consigo imaginar… e com aquela simpática mocinha em fase de crescimento em casa, e é tão importante para as meninas ter boas influências. A madrasta não era uma boa influência, nada de refinado ali, e eu diria até que tinha uma natureza muito animal. Agora, se o Capitão Marshall tivesse tido algum bom senso, teria se casado com Miss Darnley, que é uma mulher muito, muito charmosa e da maior distinção. Devo dizer o quanto admiro a maneira como ela se dedicou e construiu um negócio de primeira classe como fez. É preciso cérebro para fazer uma coisa dessas… e só é preciso olhar para Rosamund Darnley para ver que ela é simplesmente genial. Ela poderia planejar e executar qualquer coisa que quisesse. Admiro-a mais do que sou capaz de dizer. Falei a Mr. Gardener outro dia que qualquer um consegue ver que ela é muito apaixonada pelo Capitão Marshall... louca por ele, foi o que eu disse, não foi, Odell?

— Sim, querida.

— Parece que os dois se conheciam quando crianças, e agora, quem sabe, as coisas podem enfim dar certo, com aquela mulher fora do caminho. Não sou uma senhora de mente fechada, Coronel Weston, e não é que eu desaprove o palco em si... Ora, muitas das minhas amigas são atrizes... mas falei com Mr. Gardener desde o início que havia algo de maligno naquela mulher. E vejam só, eu estava certa.

Ela fez uma pausa triunfante.

Os lábios de Hercule Poirot estremeceram em um sorrisinho. Seus olhos encontraram os astutos olhos cinzentos de Mr. Gardener por um segundo.

O Coronel Weston tomou a palavra, um tanto desesperadamente.

— Bem, obrigado, Mrs. Gardener. Suponho que não haja nada que qualquer um dos senhores tenha notado desde que chegaram que possa ter alguma relação com o caso?

— Ora, não, acho que não — falou Mr. Gardener, com seu sotaque arrastado. — Mrs. Marshall estava acompanhada do jovem Redfern a maior parte do tempo... mas qualquer um pode lhe dizer isso.

— E o marido dela? Ele se importava, o senhor acha?

O homem respondeu cautelosamente:

— O Capitão Marshall é um homem muito reservado.

— Sim, ele é um verdadeiro cavalheiro britânico! — confirmou a esposa.

IV

No semblante ligeiramente apoplético do Major Barry, várias emoções pareciam disputar qual terminaria no controle.

Ele se esforçava para parecer devidamente horrorizado, mas não conseguia segurar uma espécie de entusiasmo envergonhado.

O homem ia dizendo, com a voz rouca e ligeiramente chiada:

— Fico feliz em ajudá-los de qualquer maneira que puder. Claro que não sei nada sobre o caso... absolutamente nada. Não estou familiarizado com as pessoas envolvidas. Mas já vi uma ou outra coisinha na minha época. Vivi muito no Oriente, sabe. E posso dizer que, depois passar um tempo em uma estação montanhosa na Índia, o que não se sabe sobre a natureza humana não vale a pena saber.

Ele fez uma pausa, respirou fundo e partiu novamente.

— Na verdade, esse negócio me lembra um caso em Ximelá. Um sujeito chamado Robinson, ou era Falconer? De qualquer forma, ele estava em East Wilts, ou era North Surreys? Não consigo lembrar agora, e de qualquer forma não importa. Um sujeito quieto, sabe, lia muito... calmo como uma pomba, diziam. Certa noite foi atrás da esposa no chalé deles. Agarrou-a pelo pescoço. Ela estava envolvida com algum sujeito e ele ficou sabendo. Meus deuses, o camarada quase acabou com a pobre mulher! Foi por pouco. Surpreendeu a todos nós! Não achei que ele tivesse esse tipo de ímpeto.

— E o senhor vê aí uma analogia com a morte de Mrs. Marshall? — murmurou Hercule Poirot.

— Bem, o que eu quero dizer... estrangulada, sabe. Mesma ideia. O sujeito de repente perde a cabeça!

— O senhor acha que o Capitão Marshall se sentiu assim? — insistiu o detetive belga.

— Ah, veja, eu nunca disse isso. — O rosto do Major Barry ficou ainda mais vermelho. — Nunca disse nada sobre Marshall. Um sujeito muito bom. Não diria uma palavra contra ele por nada neste mundo.

— Ah, *pardon*, mas o senhor se referiu às reações naturais de um marido, *non*? — contornou Poirot.

— Bem, quer dizer, acho que a senhora era bem atraente. Não? Conseguiu deixar o jovem Redfern numa corda bamba, com certeza. E provavelmente houve outros antes dele. Mas o engraçado é que, sabe, maridos são meio tapados. Incrível. Várias vezes já me surpreendi com isso. Veem um sujeito interessado na esposa deles, mas não veem que *ela* está interessada *nele*! Lembro-me de um caso como esse em Pune. Uma mulher muito bonita, minha nossa, deu um baile no marido...

O Coronel Weston se remexeu um pouco, inquieto.

— Sim, sim, Major Barry. Por enquanto, só precisamos estabelecer os fatos. O senhor não sabe de nada pessoalmente... que tenha visto ou notado, que possa nos ajudar neste caso?

— Bem, realmente, Weston, não posso dizer que sim. Vi a mulher e o jovem Redfern uma tarde na Enseada da Gaivota. — Então ele piscou cheio de segundas intenções e deu uma risada rouca e profunda. — Uma bela cena também. Mas não é evidência desse tipo que o senhor está procurando. Ha, ha!

— O senhor não viu Mrs. Marshall esta manhã?

— Não vi ninguém esta manhã. Fui até St. Loo. Que sorte a minha. Esse é o tipo de lugar em que nada acontece por meses e, quando acontece, não estou aqui para ver!

A voz do major continha um pesar macabro. O Coronel Weston o incitou.

— O senhor disse que foi para St. Loo?

— Sim, queria fazer uma ligação. Não tem telefone aqui, e aquele correio na Baía de Leathercombe não é muito privado.

— Seus telefonemas eram de natureza muito particular?

O major piscou alegremente outra vez.

— Bem, sim e não. Queria falar com um amigo e fazê-lo apostar em um cavalo. Mas por um azar, não consegui falar com ele.

— De onde o senhor telefonou?

— Da cabine telefônica no correio de St. Loo. Então, no caminho de volta, eu me perdi... essas estradas confusas, cheias de curvas para todo o lado. Devo ter perdido uma hora nisso, pelo menos. Parte confusa do mundo. Voltei faz coisa de meia hora.

— Falou ou encontrou com alguém em St. Loo? — perguntou o Coronel Weston.

O Major Barry perguntou com uma risada:

— Quer que eu prove meu álibi? Não consigo pensar em nada útil. Vi cerca de cinquenta mil pessoas em St. Loo... mas isso não quer dizer que vão se lembrar de mim.

— Temos que perguntar essas coisas, sabe? — justificou chefe da polícia.

— É claro. Podem me chamar a qualquer hora. Fico feliz em ajudar. Uma mulher muito atraente, a falecida. Gostaria de ajudá-los a pegar o sujeito que fez isso. "O assassinato da praia solitária"... Aposto que é assim que os jornais vão chamar. Isso me lembra da época...

Foi o Inspetor Colgate quem com firmeza cortou pela raiz essa última reminiscência e manobrou o oficial tagarela porta afora.

Ao voltar, disse:

— É difícil verificar qualquer coisa em St. Loo. Estamos no meio da alta temporada.

O Coronel Weston concordou.

— Sim, não podemos tirá-lo da lista. Não que eu acredite realmente que ele esteja envolvido. Tantos velhos chatos como semelhantes por aí. Lembro de um ou dois do tipo nos meus dias de exército. Ainda assim, é uma possibilidade. Deixarei isso com você, Colgate. Verifique a que horas ele alugou o carro, pagou pela gasolina... essas coisas. É humanamente possível que ele tenha estacionado em algum lugar solitário, voltado para cá e ido para a enseada. Mas não me parece viável. Ele correria um risco muito grande de ser visto.

O inspetor assentiu.

— Claro que há muitas excursões aqui hoje. Dia bonito. Começam a chegar por volta das 11h30. A maré alta foi às sete. A maré baixa seria por volta de uma da tarde. As pessoas se espalhariam pelas praias e pela ponte.

Weston disse:

— Sim. Mas ele teria que vir pela ponte e passar pelo hotel — disse Weston.

— Não teria que passar pela frente do hotel. Poderia se desviar pelo caminho que leva até o topo da ilha.

Weston pareceu ter dúvidas sobre a hipótese.

— Não estou dizendo que ele não poderia ter feito isso sem ser visto. Praticamente todos os hóspedes do hotel estavam na praia principal, exceto Mrs. Redfern e a garota Marshall, que estavam na Enseada da Gaivota, e o início daquele caminho só pode ser visto de alguns quartos do hotel, e as chances de alguém ter olhado pelas janelas naquele momento são baixas. Por falar nisso, ouso dizer que seria possível para um homem caminhar até o hotel, passar pelo saguão e sair outra vez sem que ninguém o visse. Mas o que quero dizer é que não se poderia *contar* com isso.

— Ele poderia ter ido para a enseada de barco — sugeriu Colgate.

Weston assentiu.

— Isso é muito mais possível. Se ele tivesse um barco à mão em uma das enseadas próximas, poderia ter deixado o carro, ido de barco até a Enseada do Duende, cometido o assassinato, voltado, pegado o carro e chegado com essa história de ter ido a St. Loo e se perdido... Uma história que sabe ser bem difícil de refutar.

— É verdade, senhor.

— Bem, deixo isso com você, Colgate — concluiu o Coronel Weston. — Vasculhe a vizinhança minuciosamente. Sabe o que fazer. É melhor falarmos com Miss Brewster agora.

V

Emily Brewster não foi capaz de agregar nada de real valor ao que já sabiam.

Depois que ela repetiu sua história, Weston disse:

— E não há nada que a senhorita saiba que possa nos ajudar de alguma forma?

— Creio que não, infelizmente. É uma situação angustiante. Imagino que os senhores logo chegarão ao fundo da questão, porém — falou, sucinta.

— É a nossa torcida, certamente.

— Não deve ser difícil — comentou Emily Brewster, com seu jeito seco.

— O que quer dizer com isso, Miss Brewster?

— Desculpe. Não estava tentando ensinar o padre a rezar a missa. Tudo que quis dizer é que, com uma mulher desse tipo, o caso deve ser bem fácil.

— Essa é sua opinião? — disse Hercule Poirot, baixinho.

— Claro. *De mortuis nil nisi bonum* e tudo mais, mas não dá para fugir dos *fatos*. Aquela mulher era uma pessoa ruim, de cabo a rabo. Só é preciso revirar um pouco de seu passado desagradável.

— A senhorita não gostava dela? — perguntou Poirot, sutil.

— Eu sei um pouco demais sobre ela. — Em resposta aos olhares indagadores, Miss Brewster continuou: — Meu primo se casou com uma das Erskine. Provavelmente já ouviram falar que aquela mulher induziu o velho Sir Robert, quando estava senil, a lhe deixar a maior parte de sua fortuna e não para a própria família.

— E a família ficou… hum… ressentida com isso? — perguntou o Coronel Weston.

— Mas é claro. A relação dos dois já era um escândalo de qualquer forma, e além disso, o fato de ele ter lhe deixado uma quantia de cinquenta mil libras mostra exatamente o tipo de mulher que ela era. Ouso dizer que pareço dura demais, mas na minha opinião as Arlena Stuarts deste mundo merecem muito pouca pena. Sei de outro caso também, um jovem que perdeu completamente a cabeça por ela... Sempre foi um pouco descontrolado, e naturalmente a associação com a mulher o levou ao limite. Ele fez transações bastante suspeitas com ações, tudo para conseguir dinheiro para gastar com Arlena, e foi por pouco que conseguiu escapar das acusações. Aquela mulher contaminava todos que conhecia. Veja como estava arruinando o jovem Redfern. Não, não sinto nenhuma tristeza por sua morte... embora, é claro, teria sido melhor se ela tivesse se afogado ou caído de um penhasco. Estrangulamento é bastante desagradável.

— E a senhorita acha que o assassino era alguém do passado dela?

— Acho.

— Alguém que veio do continente sem ser visto?

— Por que alguém o veria? Estávamos todos na praia. Pelo que sei, a mocinha Marshall e Christine Redfern estavam distantes, na Enseada da Gaivota. O Capitão Marshall estava em seu quarto, no hotel. Então, quem diabos estaria por perto para vê-lo, exceto talvez Miss Darnley?

— Onde estava Miss Darnley?

— Sentada no topo do penhasco. Um ponto chamado Rochedo do Sol. Nós a vimos lá, Mr. Redfern e eu, ao remar ao redor da ilha.

— É possível que esteja certa, Miss Brewster — disse o coronel.

— Tenho certeza de que estou — argumentou, decidida. — Quando uma mulher é desse tipo desagradável, então ela mesma fornecerá a melhor pista possível. Não concorda comigo, Monsieur Poirot?

Hercule Poirot olhou para cima e encontrou os confiantes olhos cinzentos de Miss Brewster.

— Ah, sim… Concordo com o que acabou de dizer. Arlena Marshall é a melhor, a única pista, para a própria morte.

— Pois bem! — falou Miss Brewster bruscamente.

E ficou ali, uma figura orgulhosa e robusta, o olhar frio e confiante indo de um homem para outro.

— Pode ter certeza, Miss Brewster, de que qualquer pista que possa haver na vida regressa de Mrs. Marshall não será ignorada — garantiu Weston.

Emily Brewster saiu.

VI

O Inspetor Colgate mudou de posição atrás da mesa.

— Ela é determinada, sem dúvida. E detestava a moça morta, ah, se detestava — disse, pensativo.

Ele parou por um minuto, refletindo.

— É uma pena, de certa forma, que tenha um álibi tão certeiro para a manhã inteira. Notou as mãos dela, senhor? Tão grandes quanto as de um homem. E é uma mulher robusta… tão ou mais forte que muitos homens, eu diria…

Ele fez outra pausa. Seu olhar para Poirot era quase suplicante.

— E o senhor disse que ela não saiu da praia esta manhã, Monsieur Poirot?

Poirot balançou a cabeça em negação lentamente.

— Meu caro inspetor, ela chegou à praia antes que Mrs. Marshall pudesse alcançar a Enseada do Duende, e esteve sob as minhas vistas até partir com Mr. Redfern no barco.

— Então isso a inocenta por completo — concluiu Colgate. Ele parecia chateado com isso.

VII

Como sempre, Hercule Poirot sentiu uma grande sensação de prazer ao ver Rosamund Darnley.

Mesmo diante de um simples inquérito policial sobre os terríveis fatos de um assassinato, ela trazia uma distinção própria.

Sentou-se em frente ao Coronel Weston e virou-se para ele com um rosto sério e inteligente.

— Querem meu nome e endereço? Rosamund Anne Darnley. Mantenho um ateliê de costura sob o nome de Rose Mond Ltd, no número 622, Brook Street.

— Obrigada, Miss Darnley. Agora, pode nos dizer algo que talvez nos ajude?

— Realmente não acho que possa.

— O que a senhorita fez hoje?

— Tomei café por volta das 9h30. Depois, subi para o quarto, peguei alguns livros e meu guarda-sol e fui para o Rochedo do Sol. Devia ser umas 10h25. Voltei para o hotel por volta de 11h50, subi para pegar minha raquete de tênis e fui para as quadras, onde fiquei jogando até a hora do almoço.

— A senhorita ficou no recesso do penhasco, chamado pelo hotel de Rochedo do Sol, das 10h30 até as 11h50?

— Isso mesmo.

— Viu Mrs. Marshall de manhã?

— Não.

— Você a viu do penhasco enquanto ela ia em direção à Enseada do Duende?

— Não, ela deve ter passado antes de eu chegar.

— Notou alguém em uma boia ou barco esta manhã?

— Não, acho que não. Eu estava lendo, entende? Claro que tirei os olhos do livro de vez em quando, mas, por acaso, não havia ninguém no mar nenhuma vez que fiz isso.

— Nem notou Mr. Redfern e Miss Brewster quando eles passaram por ali?

— Não.

— Você já conhecia, acho, Mr. Marshall?

— O Capitão Marshall é um velho amigo. Nossas famílias eram vizinhas. Eu não o via, no entanto, havia muitos anos... Algo em torno de doze anos.

— E Mrs. Marshall?

— Eu nunca tinha trocado sequer meia dúzia de palavras com ela até encontrá-la aqui.

— O capitão e Mrs. Marshall, até onde você sabia, estavam em bons termos?

— Perfeitamente, eu diria.

— O Capitão Marshall era muito dedicado à esposa?

— Talvez. Não posso lhe dizer nada sobre o assunto, realmente. Trata-se de um homem meio antiquado... não tem o hábito moderno de gritar infortúnios matrimoniais dos telhados.

— Você gostava de Mrs. Marshall, Miss Darnley?

— Não.

O monossílabo veio em um tom calmo e uniforme. Parecia o que era... uma simples declaração de fato.

— E por quê?

Um sorrisinho surgiu nos lábios de Rosamund.

— Certamente os senhores já sabem que Arlena Marshall não era popular com o próprio sexo. Ela não tinha nenhum interesse em outras mulheres e deixava isso bem claro. No entanto, eu gostaria de ter lhe feito alguns vestidos. Ela tinha um grande dom para a moda. Suas roupas sempre lhe caíam muito bem, e ela as vestia de tal maneira. Eu gostaria de tê-la como cliente.

— Ela gastava muito em roupas?

— Seria de se pensar que sim. Mas, é claro, ela tinha o próprio dinheiro, e o Capitão Marshall também tem boas reservas.

— Você já ouviu ou já lhe ocorreu que Mrs. Marshall estivesse sendo chantageada, Miss Darnley?

Uma expressão de intenso espanto surgiu no rosto expressivo de Rosamund Darnley.

— Chantageada? Arlena?

— A ideia parece surpreendê-la.

— Bem, sim, parece. Parece tão incongruente.

— Mas certamente é possível, não?

— Tudo é possível, suponho. O mundo logo nos ensina isso. Mas eu me pergunto com que trunfo alguém poderia chantagear Arlena.

— Há certas coisas, suponho, das quais Mrs. Marshall não queria que o marido soubesse?

— Bem, sim. — Ela explicou a dúvida na voz, com um meio sorriso: — Pareço cética, mas, vejam bem, Arlena era bastante notória em sua conduta. Ela nunca fez muita questão de aparentar respeitabilidade.

— A senhorita acha, então, que o marido dela sabia das... intimidades dela com outros homens?

Houve uma pausa. Rosamund franziu a testa. Quando finalmente falou, foi em uma voz lenta e relutante.

— Sabem, eu realmente não sei o que pensar. Sempre presumi que Kenneth Marshall aceitava a esposa, com toda a franqueza, como ela era. Que não tinha ilusões a respeito dela. Mas talvez não fosse assim.

— Ele pode ter acreditado nela completamente?

Rosamund retrucou, parecendo quase exasperada:

— Os homens são tão tolos. E Kenneth Marshall, sob seus modos sofisticados, é um tanto quanto inocente. Ele *pode* ter acreditado nela cegamente. Pode ter pensado que ela era apenas... admirada.

— E a senhorita não conhece ninguém... isto é, não ouviu falar de ninguém que pudesse guardar algum ressentimento de Mrs. Marshall?

Rosamund Darnley sorriu.

— Apenas esposas ressentidas. Mas presumo, já que ela foi estrangulada, que tenha sido um homem que a matou.

— Sim.

— Não, não consigo pensar em ninguém — disse, pensativa. — Mas por outro lado eu provavelmente não saberia. Terão que perguntar a alguém do círculo íntimo dela.

— Obrigado, Miss Darnley.

A mulher virou-se um pouco na cadeira e questionou:

— Monsieur Poirot não tem nenhuma pergunta a fazer?

Seu sorriso levemente irônico brilhou. Hercule Poirot sorriu e balançou a cabeça.

— Não consigo pensar em nada.

Rosamund Darnley se levantou e saiu.

Capítulo 8

Eles estavam no quarto que havia sido de Arlena Marshall.

Duas grandes portas francesas davam para uma sacada com vista para a praia e o mar. A luz do sol entrava no quarto, iluminando a desconcertante variedade de potes e vasilhames na penteadeira de Arlena.

Havia ali todo tipo de cosmético e unguento conhecido em salões de beleza. Entre aquela cornucópia de itens femininos, três homens se moviam com propósito. O Inspetor Colgate andava abrindo e fechando gavetas.

De repente, ele soltou um grunhido. Tinha encontrado um bolo de cartas dobradas. Ele e Weston as examinaram juntos.

Hercule Poirot seguiu para o guarda-roupa. Abriu a porta e observou a multiplicidade de vestidos e trajes esportivos pendurados ali. Abriu o outro lado. Lingeries cheias de rendas e babados estavam dobradas em pilhas. Em uma prateleira larga havia chapéus. Outros dois chapéus de praia, em vermelho vibrante e amarelo-claro; um grande chapéu de palha havaiano; outro de linho azul-escuro e três ou quatro pequenas frivolidades pelas quais, sem dúvida, vários guinéus foram pagos; um tipo de boina em azul-escuro; um tufo, nada mais, de veludo preto; um turbante cinza-claro.

Hercule Poirot ficou observando aqueles acessórios… um sorriso levemente indulgente surgiu em seus lábios.

— *Les femmes*! — murmurou.

O Coronel Weston estava dobrando as cartas.

— Três do jovem Redfern — disse. — Maldito jovem idiota. Aprenderá a não escrever cartas para mulheres em mais alguns anos. Elas sempre as guardam e depois juram que as queimaram. Há outra aqui da mesma natureza.

Ele estendeu-a e Poirot a pegou.

Querida Arlena, Meu Deus, eu me sinto tão triste. Por estar indo para a China… e por talvez não te ver de novo por tantos anos. Eu não sabia que um homem poderia continuar sendo tão louco por uma mulher como eu sou por você. Obrigado pelo cheque. Eles não vão processar agora. Foi por pouco, no entanto, e tudo porque eu queria ganhar muito dinheiro para você. Consegue me perdoar? Queria pendurar diamantes em suas orelhas… suas lindas, lindas orelhinhas… e envolver sua garganta com grandes pérolas branco-leite… se bem que dizem que pérolas não servem mais de nada hoje em dia. Uma fabulosa esmeralda, então? Sim, é isso. Uma grande esmeralda, fria e verde e cheia de fogo oculto. Não se esqueça de mim… mas você não vai, eu sei. Você é minha… para sempre.

Adeus, adeus, adeus.

JN

— Pode valer a pena descobrir se JN realmente foi para a China. Caso contrário, bem, pode ser a pessoa que estamos procurando. Louco pela mulher, idealizando-a, e de repente descobre que foi enganado. Parece-me ser o garoto que Miss Brewster mencionou. Sim, acho que isso pode ser útil — disse Colgate.

— Sim, essa carta é importante — concordou Poirot. — Acho que é muito importante.

Ele se virou e observou o quarto, os potes na penteadeira, o guarda-roupa aberto e um grande boneco de Pierrô que recostava insolentemente na cama.

Eles entraram no quarto de Kenneth Marshall.

Era ao lado do quarto da esposa, mas não havia porta de comunicação nem sacada. Era voltado para o mesmo lado e tinha duas janelas, mas era bem menor. Na parede, entre as duas janelas, ficava um espelho dourado pendurado. No canto depois da janela do lado direito havia a penteadeira. Nela havia duas escovas de marfim, uma escovinha de roupas e um frasco de loção para cabelo. No canto perto da janela do lado esquerdo havia uma escrivaninha. Uma máquina de escrever estava aberta, com papéis dispostos em uma pilha ao lado.

— Tudo parece bastante simples — disse o inspetor, numa avaliação rápida e depois sentou-se. — Ah, aqui está a carta que ele mencionou. Datada do dia 24... isso foi ontem. E aqui está o envelope com carimbo postal da Baía de Leathercombe desta manhã. Parece tudo certo. Agora teremos uma ideia se ele poderia ter preparado a resposta dele de antemão.

— Vamos deixar você com isso por um momento. Vamos apenas dar uma olhada no outros quartos. Todos estão barrados deste corredor até agora, e os hóspedes estão ficando um pouco inquietos — falou Weston.

Em seguida foram para o quarto de Linda Marshall. Era virado para o leste, com vista para as rochas até o mar.

Weston lançou um olhar ao redor e murmurou:

— Não suponho que haja nada aqui. Mas é possível que Marshall tenha escondido algo no quarto da filha que não queria que encontrássemos. Não é provável, no entanto.

Não é como se houvesse uma arma do crime ou coisa do gênero de que se livrar.

Ele saiu novamente.

Hercule Poirot ficou para trás. Encontrara algo de interesse no gradil. Algo tinha sido queimado ali recentemente. Ele se ajoelhou, trabalhando com paciência. Organizou suas descobertas em uma folha de papel. Uma grande mancha irregular de cera de vela; alguns fragmentos de papel ou papelão verde, talvez de um calendário destacável, pois com ele havia um fragmento não queimado com um grande número 5 e algo escrito... *atos nobres*... Havia também um alfinete comum e alguma matéria queimada, talvez fosse cabelo. Poirot organizou tudo aquilo cuidadosamente em uma fileira e ficou olhando.

— Realize atos nobres, não sonhe com eles o dia todo. C'est possible. Mas o que fazer com essa coleção? C'est fantastique!

E então pegou o alfinete e seus olhos ficaram afiados e verdes.

— *Pour l'amour de Dieu!* É possível? — disse baixo.

Hercule Poirot se levantou de onde estava ajoelhado, perto do gradil.

Lentamente, olhou ao redor do quarto e, dessa vez, havia uma expressão muito diferente em seu rosto. Era grave e quase severa.

À esquerda da lareira havia algumas prateleiras com uma fileira de livros. Hercule Poirot passou os olhos pensativamente pelos títulos.

Uma Bíblia; uma cópia surrada das peças de Shakespeare; *O casamento de William Ashe*, de Mrs. Humphry Ward; *The Young Stepmother*, de Charlotte Yonge; *Um rapaz de Shropshire*; *Assassinato na catedral,* de T.S. Eliot; *Santa Joana*, de Bernard Shaw; *E o vento levou*, de Margaret Mitchell, e *The Burning Court*, de Dickson Carr.

Poirot tirou dois livros, *The Young Stepmother* e *William Ashe*, e deu uma olhada no selo borrado afixado na folha de rosto. Quando estava prestes a recolocá-los no lugar, seu olhar recaiu em um livro que havia sido empurrado para trás dos outros. Era um volume pequeno, encadernado em couro marrom.

Ele o pegou e abriu. Muito lentamente, assentiu.

— *Então eu estava certo*... Sim, eu estava certo — disse para si mesmo. — Mas e... Isso também é possível? Não, não é possível, a menos que...

Ele ficou ali, imóvel, cofiando o bigode, enquanto sua mente se ocupava do problema.

Poirot repetiu, baixinho:

— *A menos que*...

II

O Coronel Weston olhou pela porta.

— Olá, Poirot, ainda está aí?

— Estou indo, estou indo — gritou ele, e saiu às pressas para o corredor.

O quarto ao lado do de Linda era o dos Redfern.

Poirot olhou para dentro, notando automaticamente os indícios de duas individualidades diferentes... uma limpeza e arrumação que ele associava a Christine, e uma desordem pitoresca que era característica de Patrick. Além desses vislumbres da personalidade do casal, o quarto não despertou seu interesse.

Ao lado ficava o quarto de Rosamund Darnley, e ali Poirot permaneceu por um momento, imerso no puro prazer da personalidade da hóspede.

Ele notou os poucos livros na mesa de cabeceira, a simplicidade sofisticada do conjunto de toalete na penteadeira. Chegou suavemente às suas narinas o perfume caro e fugaz que Rosamund Darnley usava.

Depois do quarto dela, na extremidade norte do corredor, havia uma porta que levava a uma sacada, da qual uma escada externa descia para as rochas abaixo.

— É por aqui que as pessoas descem para mergulhar antes do café da manhã... isto é, quando mergulham perto das pedras, como a maioria — comentou Weston.

Um interesse surgiu nos olhos de Hercule Poirot. Ele saiu para a sacada e olhou para baixo.

Lá embaixo, um caminho levava a degraus em ziguezague que desciam pelas rochas até o mar. Havia também um caminho que contornava o hotel para a esquerda.

— É possível descer por essas escadas, pegar a esquerda para dar a volta no hotel e seguir o caminho principal que sobe da ponte.

Weston assentiu e ampliou a declaração de Poirot.

— Dá para atravessar a ilha sem passar pelo hotel. — Então acrescentou: — Mas ainda seria possível ser visto das janelas.

— Que janelas?

— Dois dos banheiros públicos dão para o norte, assim como o banheiro dos funcionários e os vestiários no térreo. O da sala de bilhar também.

O detetive belga assentiu.

— Os banheiros têm janelas de vidro fosco, e não se joga bilhar em uma bela manhã de sol.

— Exatamente. — Weston fez uma pausa e disse: — Se ele fez isso, foi por esse caminho.

— Você quer dizer o Capitão Marshall?

— Sim. Com ou sem chantagem, ainda sinto que tudo indica que foi ele. E seus modos... Bem, seus modos não ajudam.

— Talvez... mas modos não fazem um assassino! — argumentou Poirot, secamente.

— Então você acha que ele está fora?

— Não — balançou a cabeça —, eu não diria isso.

— Vamos ver o que Colgate conseguiu fazer com o álibi da máquina de escrever. Enquanto isso, a camareira deste andar está esperando para ser interrogada. Muito pode depender de suas evidências.

A camareira era uma mulher de 30 anos, rápida, eficiente e inteligente. Suas respostas foram velozes e diligentes.

O Capitão Marshall havia subido até o seu quarto pouco depois 10h30. Ela estava então terminando de arrumar o quarto. Ele pediu que acabasse o mais depressa possível. A mulher não o viu voltar, mas ouviu o som da máquina de escrever um pouco mais tarde; calculou que fossem cerca de 10h55. Estava então arrumando o quarto dos Redfern. Depois de fazer isso, ela seguiu para o quarto de Miss Darnley, ao fim do corredor. De lá, não conseguia mais ouvir a máquina de escrever. Começou a limpar o quarto de Miss Darnley, pelo que pôde dizer, pouco depois das onze horas. Ela se lembrava de ouvir os sinos da igreja de Leathercombe badalarem quando entrou. Às 11h15, desceu para tomar seu chá das onze e fazer um lanche. Depois, foi limpar os quartos da outra ala do hotel. Em resposta à pergunta do chefe de polícia, a camareira explicou que arrumara os cômodos daquele corredor na seguinte ordem:

Miss Linda Marshall, os dois banheiros públicos, o quarto e o banheiro privativo de Mrs. Marshall, o quarto do Capitão Marshall, o quarto e o banheiro privativo dos Redfern, o quarto e o banheiro privativo de Miss Darnley. Os quartos do Capitão Marshall e de Miss Marshall não eram suítes.

Durante o tempo em que esteve no quarto e no banheiro de Miss Darnley, ela não havia escutado ninguém passar pela porta nem sair pela escada em direção às pedras, mas era bem provável que ela não fosse ouvir mesmo, se a pessoa fosse discreta e silenciosa.

Weston então direcionou suas perguntas ao assunto de Mrs. Marshall.

Não, como regra Arlena não acordava cedo. A camareira, Gladys Narracott, ficou surpresa ao ver que a porta estava aberta e que a hóspede descera pouco depois das dez. Algo bem incomum, sem dúvida.

— Mrs. Marshall sempre tomava café da manhã na cama?

— Ah, sim, senhor, sempre. E não comia muito. Só chá e suco de laranja e uma torrada. De dieta, como muitas mulheres.

Não, ela não havia notado nada incomum no comportamento de Mrs. Marshall naquela manhã. Ela parecia como de costume.

— O que pensava de Mrs. Marshall, mademoiselle? — perguntou Poirot, discreto.

Gladys Narracott o encarou.

— Bem, senhor, isso não cabe a mim dizer, não é?

— Mas claro que lhe cabe. Estamos ansiosos, muito ansiosos, para ouvir suas impressões.

Gladys lançou um olhar ligeiramente desconfortável para o chefe de polícia, que se esforçou para fazer uma expressão simpática e aprovadora, embora, na verdade, se sentisse um pouco envergonhado pelos métodos de abordagem de seu colega estrangeiro.

— Hum... sim, certamente. Vá em frente.

Pela primeira vez, a eficiência de Gladys Narracott a abandonou. Seus dedos se embolaram no vestido estampado.

— Bem, Mrs. Marshall... Ela não era exatamente uma dama, vamos colocar assim. O que quero dizer é que ela era mais como uma atriz.

— Ela *era* atriz — acentuou o Coronel Weston.

— Sim, senhor, é isso que estou dizendo. Ela simplesmente agia como bem entendia. Não... bem, ela não se dava ao trabalho de ser educada se não estivesse no ânimo para tanto. Às vezes era toda sorrisos em um minuto e, no seguinte, se não conseguisse encontrar algo ou se a campainha não fosse atendida imediatamente ou se sua roupa lavada ainda não tivesse sido devolvida, bem, era muito rude e desagradável. Nenhum de nós, como posso dizer, *gostava* dela. Mas suas roupas eram lindas e, claro, ela era uma mulher muito bonita, então era natural que fosse admirada.

— Lamento ter que lhe fazer minha próxima pergunta, mas é um assunto muito importante — disse o Coronel Weston. — Você pode me dizer como estavam as coisas entre ela e o marido?

Gladys Narracott hesitou um minuto e perguntou:

— O senhor não... Não foi... O senhor não acha que *ele* fez isso, acha?

— Você acha? — intrometeu-se Poirot.

— Ah! Eu não gostaria de pensar assim. Ele é um cavalheiro tão gentil, o Capitão Marshall. Ele não poderia fazer uma coisa dessas... Tenho certeza que não.

— Mas você não tem *tanta* certeza assim... Consigo ouvir na sua voz.

Gladys Narracott estava relutante.

— A gente lê essas coisas nos jornais! Casos de ciúme. Se alguém sai da linha... e, claro, todo mundo está falando disso... do que estava acontecendo entre ela e Mr. Redfern, quero dizer. E Mrs. Redfern é uma senhora tão simpática e tranquila! É uma pena! O marido também é um cavalheiro simpático, mas parece que os homens não conseguem se conter quando se trata de uma mulher como Mrs. Marshall, acostumada a conseguir tudo o que quer. As esposas precisam aturar muita coisa, tenho certeza. — Ela suspirou e fez uma pausa. — Mas se o Capitão Marshall descobriu...

— Bem? — questionou inquisitivamente o Coronel Weston.

— Às vezes eu achava que Mrs. Marshall tinha medo de que o marido descobrisse — explicou a mulher, hesitante.

— O que a faz dizer isso?

— Nada definitivo, senhor. Era só o que eu sentia... que às vezes ela tinha... medo dele. Ele é um cavalheiro muito quieto, mas não é... não é *fácil*.

— Mas você não tem nada concreto para corroborar isso? Nada que nenhum dos dois tenha dito um ao outro? — insistiu o coronel.

Devagar, Gladys Narracott fez que não com a cabeça.

Weston suspirou.

— Agora, quanto às cartas recebidas por Mrs. Marshall hoje cedo. Pode nos contar algo sobre isso?

— Foram cerca de seis ou sete, senhor. Não sei dizer exatamente.

— Foi você que as levou?

— Sim, senhor. Peguei a correspondência no escritório, como sempre, e levei-as na bandeja de café da manhã.

— Você se lembra de alguma coisa sobre a aparência das cartas?

A moça balançou a cabeça.

— Eram cartas simples, de aparência comum. Algumas eram contas e circulares, suponho, porque estavam rasgadas na bandeja.

— O que aconteceu com elas?

— Foram para o lixo, senhor. Um dos policiais está vasculhando neste momento.

Weston assentiu.

— E o conteúdo dos cestos dos quartos, onde está?

— Também foi para o lixo.

— Hum... Bem, acho que é tudo por enquanto — disse Weston, olhando inquisitivamente para Poirot.

Poirot se inclinou para a frente.

— Quando você arrumou o quarto de Miss Linda Marshall esta manhã, limpou a lareira?

— Não havia nada a limpar, senhor. O fogo não fora aceso.

— E não havia nada na lareira?

— Não, senhor, estava tudo perfeitamente limpo.

— A que horas você limpou o quarto dela?

— Por volta das 9h15, senhor, quando ela desceu para tomar café da manhã.

— E ela subiu para o quarto depois do café da manhã, você sabe?

— Sim, senhor. Subiu por volta de 9h45.

— E ficou no quarto?

— Acho que sim, senhor. Ela saiu, bem apressada, pouco antes das 10h30.

— Você não entrou no quarto dela de novo?

— Não, senhor. Eu já tinha terminado lá.

Poirot assentiu.

— Tem outra coisa que eu gostaria de saber. Que pessoas foram dar um mergulho antes do café da manhã hoje?

— Não poderia dizer sobre a outra ala e o andar de cima. Só sobre esta.

— É tudo o que eu quero saber.

— Bem, senhor, o Capitão Marshall e Mr. Redfern foram os únicos a nadar esta manhã, acho. Eles sempre descem para um mergulho matinal.

— Você os viu?

— Não, senhor, mas suas roupas de banho molhadas estavam penduradas no corrimão da sacada, como de costume.

— Miss Linda Marshall não foi nadar esta manhã?

— Não, senhor. Todos os seus trajes de banho estavam bem secos.

— Ah — disse Poirot. — Era isso que eu queria saber.

— Ela normalmente vai nadar de manhã, senhor — completou a mulher.

— E as outras três: Miss Darnley, Mrs. Redfern e Mrs. Marshall?

— Mrs. Marshall nunca, senhor. Miss Darnley já foi nadar de manhã uma ou duas vezes, acho. Mrs. Redfern não costuma fazer isso antes do café... só quando está muito quente, mas não foi o caso hoje.

Poirot assentiu mais uma vez.

— Gostaria de saber, você sentiu falta de algum frasco em um dos quartos sob sua responsabilidade nesta ala?

— Um frasco, senhor? Que tipo de frasco?

— Infelizmente não sei. Mas você notou, ou notaria, se um tivesse sumido?

— Eu não perceberia se tivesse sido do quarto de Mrs. Marshall, senhor, e isso é um fato. Ela tem muitos produtos.

— E dos outros quartos?

— Bem, não tenho certeza sobre Miss Darnley. Ela também tem muitos cremes e muitas loções. Mas dos outros cômodos, sim, eu notaria, senhor. Quer dizer, se eu estivesse de olho. Se estivesse prestando atenção, por assim dizer.

— Mas você não prestou atenção?

— Não, porque eu não estava de olho nisso, como eu disse.

— Talvez você devesse ir dar uma olhada agora, então.

— Claro, senhor.

A camareira saiu da sala, o vestido estampado farfalhando. Weston olhou para Poirot e perguntou:

— O que foi tudo isso?

— Minha mente organizada, que é atormentada por ninharias! — respondeu baixo. — Miss Brewster, esta manhã, estava nadando perto das pedras antes do café da manhã, e disse que algo foi atirado contra ela e quase a atingiu. *Eh bien*, eu quero saber quem atirou e por quê.

— Meu caro, qualquer um poderia ter feito isso.

— De forma alguma. Para começar, ela só poderia ter sido atirada de uma janela no lado leste do hotel... ou seja, de uma das janelas dos quartos que acabamos de examinar.

Agora eu lhe pergunto, se você tem uma algo vazio na sua penteadeira ou no seu banheiro, o que faz com aquilo? Vou dizer: você a joga no cesto de lixo. Não se dá ao trabalho de ir até a sacada e jogar no mar! Para começar, ela pode acertar alguém; além disso, seria muito trabalhoso. Não, a única razão para fazer isso é *se não quisesse que ninguém visse o objeto*.

Weston o encarou.

— Eu sei que o Inspetor-chefe Japp, que conheci em um caso faz pouco tempo, sempre diz que o senhor tem uma mente tortuosa. Não vai me dizer agora que Arlena Marshall não foi estrangulada, mas sim envenenada por uma garrafa misteriosa com alguma droga misteriosa?

— Não, não, não acho que havia veneno naquele frasco.

— Então o que havia?

— Não sei, na verdade. É por isso que estou interessado.

Gladys Narracott voltou, um pouco sem fôlego.

— Sinto muito, senhor, mas não consigo encontrar nada que esteja faltando. Tenho certeza de que nada sumiu do quarto do Capitão Marshall, do quarto de Miss Linda Marshall ou do quarto de Mr. e Mrs. Redfern, e tenho quase certeza de que nada desapareceu do quarto de Miss Darnley também. Mas não posso dizer sobre o de Mrs. Marshall. Como eu disse, ela tem muita coisa.

Poirot deu de ombros.

— Não importa. Vamos em frente.

— Há mais alguma coisa, senhor? — perguntou a camareira.

Ela olhou de um para o outro.

— Acho que não. Obrigado — respondeu Weston.

— É só, muito obrigado — emendou Poirot. — Você tem certeza, não tem, de que não há nada, nada mesmo, que tenha esquecido de nos contar?

— Sobre Mrs. Marshall, senhor?

— Sobre qualquer coisa. Qualquer coisa incomum, fora do comum, inexplicável, levemente peculiar, curiosa de alguma forma… *enfin*, qualquer coisa que a tenha feito dizer a si mesma ou a um de seus colegas: "Que engraçado!"?

Gladys respondeu, em dúvida:

— Bem, não do tipo de coisa que o senhor quer saber.

— Não importa o que eu quero saber — disse o detetive. — Você não sabe o que eu quero saber. É verdade, então, que você disse a si mesma ou a um colega hoje: "Que engraçado!"?

Ele destacou as palavras com irônico distanciamento.

— Não foi nada, na verdade. Só um banho sendo preparado. E eu comentei com Elsie, lá embaixo, que achava engraçado alguém estar tomando banho por volta do meio-dia.

— Quem tomou banho?

— Isso eu não saberia dizer, senhor. Nós ouvimos a água descendo pelo encanamento desta ala, só isso, e foi aí que eu comentei com Elsie.

— Tem certeza de que era um banho? Não uma das pias?

— Ah! Toda a certeza, senhor. Não tem como confundir.

Poirot não demonstrou o desejo de fazer mais perguntas, então Gladys Narracott foi liberada.

— Você não acha mesmo que essa questão do banho é relevante, não é, Poirot? Quero dizer, não faz sentido. Não há manchas de sangue nem nada assim para lavar. Essa é a… — começou Weston, mas então hesitou.

— Essa, você diria, é a vantagem do estrangulamento! Sem manchas de sangue, sem arma… nada para se livrar ou esconder! Nada é necessário, exceto força física… *e a alma de um assassino!*

Sua voz foi tão forte, tão carregada de sentimento, que Weston recuou um pouco.

Hercule Poirot sorriu para ele, desculpando-se.

— Não, não — completou. — O banho provavelmente não tem importância. Qualquer um pode ter tomado um banho. Mrs. Redfern antes da partida de tênis, o Capitão Marshall, Miss Darnley. Como eu disse, qualquer um. Não há nada aí.

Um policial bateu à porta e enfiou a cabeça no cômodo.

— É Miss Darnley, senhor. Disse que gostaria de vê-los novamente por um minuto. Há algo que ela esqueceu de contar, ela diz.

Weston foi quem respondeu.

— Estamos descendo agora mesmo.

III

A primeira pessoa que viram foi Colgate. Seu rosto estava sombrio.

— Só um minuto, senhor.

Weston e Poirot o seguiram até o escritório de Mrs. Castle.

— Estava falando com Heald sobre esse negócio das cartas datilografadas — começou o inspetor. — Não há dúvida, não poderia ser feito em menos de uma hora. Mais, se tivesse que parar para pensar aqui e ali. Parece-me muito bem amarrado. E vejam só esta carta.

Ele estendeu a missiva.

— *Meu caro Marshall... Lamento preocupá-lo em suas férias, mas uma situação totalmente imprevista surgiu sobre os contratos de Burley e Tender...* etc. etc. — Leu Colgate. — Datada do dia 24, ontem. Envelope com carimbo postal de ontem à noite em Londres e de Baía de Leathercombe esta manhã. Mesma máquina de escrever usada no envelope e na carta. E, pelo conteúdo, era claramente impossível para Marshall preparar sua resposta de antemão. Os números advêm dos descritos na carta... A coisa toda é bem intrincada.

— Hum — falou Weston melancolicamente. — Isso parece deixar Marshall fora de suspeita. Teremos que procurar em outro lugar. — Ele acrescentou: — Preciso falar com Miss Darnley de novo. Ela está esperando agora.

Rosamund entrou rapidamente. Seu sorriso demonstrava certa *nuance* apologética.

— Sinto muito. Provavelmente não vale a pena se incomodar com isso. Mas a gente acaba esquecendo coisas assim.

— Sim, Miss Darnley?

O chefe de polícia indicou uma cadeira. Rosamund balançou a cabeça de cabelos pretos bem arrumados.

— Ah, não vale a pena sentar. É somente o seguinte: eu disse aos senhores que passei a manhã descansando no Rochedo do Sol. Isso não é bem exato. Esqueci que durante a manhã voltei para o hotel uma vez e saí de novo.

— Que horas foi isso, Miss Darnley?

— Devia ser por volta das 11h15.

— A senhorita disse que voltou para o hotel?

— Sim, eu tinha esquecido meus óculos antirreflexo. No começo, pensei que não seriam necessários, mas então comecei a ficar com os olhos cansados e decidi voltar e pegá-los.

— A senhorita foi direto para o seu quarto e depois saiu?

— Sim. Na verdade, acabei dando uma olhada em Ken... no Capitão Marshall. Ouvi a máquina dele funcionando e pensei que era muito tolo da parte dele ficar no hotel, datilografando, em um dia tão lindo quanto hoje. Minha intenção era dizer que ele deveria sair.

— E o que o Capitão Marshall disse?

Rosamund sorriu, um tanto envergonhada.

— Bem, quando eu abri a porta ele estava datilografando tão vigorosamente, de testa franzida e parecendo tão concentrado, que apenas fui embora sem falar nada. Acho que ele nem me viu entrar.

— E isso foi a que horas, Miss Darnley?

— Quase 11h20. Notei o relógio no corredor quando saí novamente.

IV

— E isso enfim encerra o assunto — resumiu o Inspetor Colgate. — A camareira o ouviu na máquina até 10h55. Miss Darnley o viu vinte minutos depois, e a mulher estava morta às 11h45. Ele diz que passou aquela hora datilografando no quarto, e parece bem claro que *era* o que estava fazendo. Isso inocenta o Capitão Marshall das suspeitas.

Ele parou, então, olhando para Poirot com alguma curiosidade, perguntou:

— Monsieur Poirot parece muito sério por alguma razão.

Poirot falou, pensativamente:

— Fico me perguntando por que Miss Darnley de repente ofereceu essa evidência extra.

O Inspetor Colgate inclinou a cabeça em alerta.

— Acha que tem algo suspeito nisso? Que não é só uma questão de "esquecimento"?

Ele pensou por um minuto ou dois.

— Vamos olhar dessa forma — disse Poirot, apresentando seu raciocínio devagar. — Suponhamos que Miss Darnley não estivesse no Rochedo do Sol esta manhã, como diz. Essa história é mentira. Agora suponha que, *depois* de nos contar sua história, ela descobre que alguém a viu em outro lugar ou que alguém foi até o Rochedo do Sol e não a encontrou lá. Então cria essa história às pressas e vem nos contar para justificar sua ausência. Perceba que ela teve o cuidado de dizer que o Capitão Marshall não a viu quando entrou no quarto dele. — Depois de um tempo, acrescentou: — Sim, eu notei isso.

Weston parecia incrédulo.

— Você está sugerindo que Miss Darnley está metida nisso? Bobagem, me parece absurdo. Por que ela estaria envolvida?

O Inspetor Colgate tossiu.

— Lembra-se do que a senhora americana, Mrs. Gardener, disse? Ela meio que insinuou que Miss Darnley estava interessada no capitão. Haveria um motivo aí, senhor.

Weston ficou impaciente.

— Arlena Marshall não foi morta por uma mulher. É um homem que temos que procurar. Temos que nos ater aos homens do caso.

O Inspetor Colgate suspirou.

— Sim, é verdade, senhor — cedeu o inspetor. — Nós sempre voltamos a isso, não é?

— É melhor colocar um policial para cronometrar uma ou duas coisas — continuou o coronel. — Do hotel, atravessando a ilha, até o topo da escada. Mande-o fazer isso correndo e andando. A mesma coisa com a escada em si. E é melhor alguém verificar o tempo que leva para ir de barco da praia principal até a Enseada do Duende.

O Inspetor Colgate assentiu.

— Eu cuidarei de tudo isso, senhor — respondeu com confiança.

— Acho que vou até a enseada agora. Ver se Phillips encontrou alguma coisa. Depois tem aquela Caverna do Duende de que ouvimos falar. Quero ver se há algum vestígio de um homem esperando por lá. — Então virou-se para detetive belga. — Ei, Poirot? O que acha?

— Certamente. É uma possibilidade.

— Se algum homem de fora tivesse vindo até a ilha, seria um bom esconderijo… se ele tivesse conhecimento dela. Imagino que os moradores locais conheçam?

— Não acredito que a geração mais jovem tenha conhecimento — argumentou Colgate. — Veja bem, desde que o hotel foi inaugurado, as enseadas são propriedade privada. Pescadores não vão lá, nem grupos de piquenique. E o pessoal do hotel não é local. Mrs. Castle é de Londres.

— Podemos levar Redfern conosco. Foi ele que nos contou. E o senhor, Monsieur Poirot?

Hercule Poirot hesitou.

— Eu sou como Miss Brewster e Mrs. Redfern: não gosto de escadas verticais — disse, seu sotaque estrangeiro muito pronunciado.

— Você pode dar a volta de barco — sugeriu Weston.

Mais uma vez Hercule Poirot suspirou.

— Meu estômago não fica feliz no mar.

— Bobagem, homem, está um dia lindo. Calmo como um lago. Você não pode nos decepcionar, sabia?

Hercule Poirot mal parecia disposto a responder a essa adjuração britânica. Mas, naquele momento, Mrs. Castle enfiou o rosto feminino e o penteado elaborado pelo vão da porta.

— Certamente espero não estar me intrometendo — disse ela. — Mas Mr. Lane, o clérigo, sabe, acabou de voltar. Achei que gostariam de saber.

— Ah sim, obrigada, Mrs. Castle. Nós o veremos imediatamente.

A mulher se aproximou.

— Não sei se vale a pena mencionar, mas ouvi dizer que mesmo o *menor* incidente não deve ser ignorado...

— Sim, sim? — pediu Weston impacientemente.

— É só que chegaram uma senhora e um cavalheiro aqui por volta de treze horas. Vieram do continente. Para almoçar. Foram informados de que houve um acidente e que, considerando as circunstâncias, não haveria serviço de almoço.

— Tem ideia de quem eram?

— Eu não saberia dizer. Naturalmente, não anotaram-se os nomes. O casal expressou decepção e uma certa curiosidade quanto à natureza do acidente. Eu não podia contar nada a eles, é claro. Devo dizer, porém, que eram veranistas de classe alta.

— Ah, bem, obrigado por nos contar — agradeceu Weston, bruscamente. — Provavelmente não é importante, mas fez muito bem em... hum... lembrar de tudo.

— É claro — disse Mrs. Castle. — Desejo cumprir meu dever!

— Certo, certo. Peça a Mr. Lane para vir aqui.

V

Stephen Lane entrou na sala com seu vigor habitual.

— Sou o chefe de polícia do condado, Mr. Lane — apresentou-se Weston. — Suponho que o senhor já tenha sido informado sobre o ocorrido?

— Sim, ah, sim... eu soube assim que cheguei. Terrível, terrível... — Seu corpo magro tremeu e ele falou em voz baixa: — Desde o começo... assim que cheguei aqui... fiquei consciente, muito consciente... das forças do mal que nos rondam.

Seus olhos, ardentes e ansiosos, e se dirigiram a Hercule Poirot.

— Você se lembra, Monsieur Poirot? De nossa conversa, alguns dias atrás? Sobre a realidade do mal?

Weston estava estudando a figura alta e magra com alguma perplexidade. Ele achou difícil compreender aquele homem. Os olhos de Lane se voltaram para ele, sorrindo.

— Ouso dizer que isso lhe parece fantástico, senhor. Nós paramos de acreditar no mal nos dias atuais. Abolimos o fogo do Inferno! Não acreditamos mais no diabo! Mas o inimigo e os seus emissários nunca foram mais poderosos do que hoje!

— Hum... Ah, sim, talvez. Isso, Mr. Lane, é sua especialidade. A minha é mais prosaica... esclarecer um caso de assassinato — disse Weston.

— Uma palavra horrível. Assassinato! Um dos primeiros pecados conhecidos na Terra... o derramamento implacável do sangue de um irmão inocente... — Ele fez uma pausa, os olhos semicerrados. Então, em uma voz mais normal, perguntou: — Como posso ajudá-los?

— Antes de mais nada, Mr. Lane, o senhor pode me contar seus passos hoje?

— De bom grado. Comecei cedo com uma das minhas caminhadas habituais. Gosto de caminhar. Já perambulei por boa parte dos campos da região. Hoje fui a Igreja de Saint Petrock, em Parracombe. Fica a cerca de sete milhas daqui, uma caminhada muito agradável por trilhas sinuosas, subindo e descendo colinas e vales de Devon. Levei algumas coisinhas para o almoço e comi em um bosque. Visitei a igreja, que tem alguns fragmentos... apenas fragmentos, infelizmente, de vitrais antigos... Também uma tela muito interessante.

— Obrigado, Mr. Lane. O senhor encontrou alguém durante a sua caminhada?

— Não que saiba identificar. Uma carroça passou por mim, assim como dois garotos em bicicletas e algumas vacas. No entanto — disse com um sorriso —, se quiser uma prova da minha declaração, assinei meu nome no livro da igreja. É possível encontrá-lo lá.

— O senhor não viu ninguém na igreja em si... o vigário ou o sacristão?

Stephen Lane negou com a cabeça e respondeu:

— Não, não havia ninguém por perto, e eu era o único visitante. Saint Petrock é um lugar muito remoto. A vila em si fica do outro lado, cerca de meia milha adiante.

— O senhor não deve pensar que estamos, hum... duvidando de sua palavra — O Corono Weston assumiu um tom agradável. — É só uma questão de verificar todo mundo. Rotina, sabe, simplesmente rotina. Precisamos seguir o protocolo em casos desse tipo.

— Ah, sim, eu entendo perfeitamente — disse Stephen Lane com gentileza.

— Agora, o próximo ponto. Há algo que o senhor saiba que possa nos ajudar de alguma forma? Algo sobre a falecida? Algo que possa nos dar uma pista sobre quem a assassinou? Algo que tenha ouvido ou visto?

Stephen Lane respondeu:

— Não ouvi nada. Tudo o que posso lhe dizer é o seguinte: eu soube instintivamente, assim que a vi, que Arlena Marshall era um foco do mal. Ela *era* o Mal! O Mal personificado! A mulher pode ser a maior ajuda e inspiração na vida do homem... mas também pode ser a sua ruína. Pode arrastá-lo para o nível da besta. A falecida era exatamente desse tipo. Apelava para tudo o que era mais básico na natureza de um homem. Era uma mulher como Jezabel e Aolibá. Agora... foi abatida por sua maldade!

Hercule Poirot se ajeitou e corrigiu:

— Não abatida... *estrangulada*! *Estrangulada*, Mr. Lane, por um par de mãos humanas.

As mãos do clérigo tremiam. Os dedos se contorciam e se contraíam. Ele disse, em uma voz baixa e engasgada:

— Isso é horrível... horrível... O senhor precisa falar dessa forma?

— É a verdade simples — disse Poirot. — O senhor tem alguma ideia, Mr. Lane, de quem eram aquelas mãos?

O homem balançou a cabeça em negação.

— Eu não sei de nada... nada...

Weston se levantou e, depois de um olhar para Colgate, ao qual este respondeu com um aceno quase imperceptível.

— Bem, precisamos ir para a enseada.

— Foi lá que... aconteceu? — perguntou o clérigo.

Weston assentiu.

— Posso... posso ir com os senhores?

Prestes a retornar uma resposta negativa, Weston foi interrompido por Poirot.

— Mas é claro — retrucou o detetive. — Acompanhe-me em um barco até lá, Mr. Lane. Partiremos imediatamente.

Capítulo 9

Pela segunda vez naquela manhã, Patrick Redfern estava remando na direção da Enseada do Duende. Os outros ocupantes do barco eram Hercule Poirot, muito pálido com a mão na barriga, e Stephen Lane. O Coronel Weston tinha tomado a rota terrestre. Tendo se atrasado no caminho, ele chegou à praia ao mesmo tempo em que o barco atracou na areia. Um policial e um sargento à paisana já estavam lá. Weston estava questionando o último enquanto os três vindos no barco se aproximavam e se juntavam a ele.

— Acho que já percorri cada centímetro da praia, senhor — disse o Sargento Phillips.

— Bom, e o que achou?

— Está tudo aqui, senhor, se quiser ver.

Uma pequena coleção de objetos estava disposta ordenadamente em uma pedra. Havia uma tesoura, um maço vazio de cigarros Gold Flake, cinco tampinhas de garrafa, vários fósforos usados, três pedaços de barbante, um ou dois fragmentos de jornal, um fragmento de um cachimbo quebrado, quatro botões, um osso de coxa de galinha e uma embalagem vazia de óleo de bronzear.

Weston olhou para os objetos com ar avaliador.

— Hum. Bastante moderado para uma praia hoje em dia! A maioria das pessoas parece confundir este lugar com um depósito de lixo! A embalagem vazia está aqui há algum tempo, pelo jeito que o rótulo está borrado... assim como a maioria das outras coisas, eu diria. A tesoura é nova, no entanto. Brilhante e reluzente. *Certamente* não estava aqui fora durante a chuva de ontem! Onde encontraram isso?

— Perto do pé da escada, senhor. Este pedaço de cachimbo também.

— Hum, provavelmente alguém deixou cair ao subir ou descer. Não há nada que indique a quem pertencem?

— Não, senhor. Uma tesoura de unha bem comum. O cachimbo é de urze, caro e de boa qualidade.

— O Capitão Marshall nos disse, acho, que havia perdido seu cachimbo — murmurou Poirot, pensativo.

— Marshall está fora de cogitação. E, de qualquer forma, ele não é a única pessoa que fuma cachimbo — argumentou Weston.

Hercule Poirot estava observando Stephen Lane enquanto a mão deste último foi para o bolso e se afastou de novo. O detetive perguntou, com a voz simpática:

— O senhor também fuma cachimbo, não é, Mr. Lane?

O clérigo se assustou e olhou para Poirot.

— Sim. Ah, sim. Meu cachimbo é um velho amigo e companheiro.

Colocando a mão no bolso novamente, ele tirou um cachimbo, encheu-o com tabaco e acendeu-o.

Hercule Poirot foi até onde Redfern estava, com os olhos distantes.

— Estou feliz... que tenham levado *ela* embora... — comentou o jovem em voz baixa.

— Onde ela foi encontrada? — perguntou Stephen Lane.

— Mais ou menos onde o senhor está — disse o sargento alegremente.

Lane moveu-se às pressas para o lado. Ele olhou para o local que tinha acabado de desocupar.

— O local onde o barquinho estava se encaixa com a colocação do horário de 10h45 para a chegada dela. Isso nos guiando pela maré, que virou agora — afirmou o sargento.

— Fotografias concluídas? — perguntou Weston.

— Sim, senhor.

Weston virou-se para Redfern.

— E agora, amigo, onde fica a entrada dessa sua caverna?

Patrick Redfern ainda estava olhando para o ponto onde Lane estivera. Era como se ainda estivesse vendo o corpo que não estava mais ali.

Mas as palavras de Weston o despertaram.

— É por aqui.

Ele liderou o caminho até onde uma grande massa de rochas caídas ficavam pitorescamente reunidas contra a lateral do penhasco. Foi direto para onde duas grandes rochas, lado a lado, criavam uma fenda estreita e reta entre elas.

— A entrada é aqui.

— Aqui? Não parece que um homem conseguiria passar — comentou Weston.

— É enganoso, o senhor verá. É possível.

O chefe da polícia passou pela fenda com cuidado. Não era tão estreita quanto parecia. Lá dentro, o espaço se alargou e provou ser um recesso bastante largo, com área suficiente para ficar em pé e se movimentar.

Hercule Poirot e Stephen Lane se juntaram ao coronel. Os outros ficaram do lado de fora. A luz era filtrada pela abertura, mas Weston também tinha uma lanterna poderosa que ele corria pelo interior da caverna.

— Lugar prático — observou. — Ninguém suspeitaria de sua existência vendo de fora.

Ele iluminou cuidadosamente o chão.

Hercule Poirot estava delicadamente farejando o ar, o que o coronel percebeu.

— Ar bem fresco, sem cheiro de peixe ou algas, mas é claro que este lugar está bem acima da marca da maré alta — comentou Weston.

Mas, para o nariz sensível de Poirot, o ar estava mais do que fresco. Estava sutilmente perfumado. Ele conhecia duas pessoas que usavam aquele perfume fugaz...

A lanterna de Weston se apagou.

— Não vejo nada fora do normal aqui.

Os olhos de Poirot se ergueram para uma saliência um pouco acima de sua cabeça.

— Talvez valha a pena verificar se não há nada lá em cima?

— Se houver alguma coisa lá em cima, teria que ter sido colocada ali deliberadamente — argumentou o coronel. — Ainda assim, é melhor darmos uma olhada.

— O senhor é, acho, o mais alto de nós, monsieur — disse Poirot a Lane. — Seria pedir demais que nos certifique de que não há nada naquela saliência?

Lane se esticou, mas não conseguiu alcançar o fundo da prateleira. Então, percebendo uma fenda na rocha, inseriu o bico do sapato na reentrância e se ergueu com a mão.

— Olha só, tem uma caixa aqui em cima.

Em um ou dois minutos, eles estavam sob o sol, examinando a descoberta do clérigo.

— Cuidado, não manuseie mais do que o necessário — ordenou o coronel. — Pode haver impressões digitais.

Era uma caixa de lata verde-escura e trazia a palavra "Sanduíches" escrita.

— Deixada de algum piquenique, suponho — disse o Sargento Phillips.

Ele abriu a tampa com seu lenço.

Dentro, havia recipientes de lata menores indicando sal, pimenta e mostarda, além de duas latas quadradas maiores, evidentemente para guardar sanduíches. O oficial abriu a tampa do que continha sal. Estava cheio até a borda. Fez o mesmo com o seguinte e comentou:

— Hum, também tem sal no compartimento de pimenta.

A lata de mostarda também continha sal.

Com a expressão subitamente alerta, o sargento da polícia abriu uma das latas quadradas maiores. Esta também continha o mesmo pó branco cristalino.

Com muito cuidado, o Sargento Phillips mergulhou a ponta do dedo e o colocou na língua.

Seu rosto mudou. Com a voz animada, exclamou:

— Isso não é *sal*, senhor. Nem de longe! Gosto amargo! Parece-me ser algum tipo de *droga*.

II

— O terceiro ângulo — disse o Coronel Weston com um gemido, quando estavam de volta ao hotel. — Se por acaso houver uma gangue de traficantes envolvida neste crime, isso abre várias possibilidades. Primeiro, a falecida pode ter feito parte da gangue. Acha que isso é provável?

— É possível — respondeu Poirot, com cautela.

— Ela pode ter sido viciada em drogas?

O detetive belga negou.

— Eu duvido. Tinha punho firme, saúde radiante, não havia marcas de injeções hipodérmicas. Não que isso seja prova definitiva: algumas pessoas consomem pelo nariz. Não, não acho que ela usasse drogas.

— Nesse caso — sugeriu Weston —, ela pode ter se metido no negócio por acidente, então foi deliberadamente silenciada pelas pessoas que mandam no circo. Saberemos em breve qual é a substância. Enviei para Neasdon. Se estamos atrás de alguma rede de drogas, não são do tipo de pessoas que se prendem a ninharias…

Ele parou quando a porta se abriu e Mr. Horace Blatt entrou às pressas na sala.

O homem parecia estar com calor, limpando o suor da testa. Sua voz forte e calorosa ecoou e preencheu a pequena sala.

— Acabei de voltar e fiquei sabendo das notícias! Você é o chefe de polícia? Disseram que estava aqui. Meu nome é Blatt... Horace Blatt. Posso ajudar de alguma forma? Acho que não. Passei a manhã no meu barco, desde cedo. Perdi todo o espetáculo. No único dia em que *algo* acontece neste lugar remoto, estou longe. A vida é assim, não é? Alô, Poirot, não tinha visto você. Está metido nisso? Ah, bem, era de se imaginar. Sherlock Holmes *versus* polícia local, não é isso? Ha, ha! Lestrade... essas coisas. Vou adorar ver você fazer a sua investigação sofisticada.

Mr. Blatt largou-se em uma cadeira, pegou uma cigarreira, e ofereceu-a ao Coronel Weston, que recusou com a cabeça.

— Sou um fumante inveterado de cachimbo — justificou--se, sorrindo.

— Idem. Eu também fumo cigarros... mas nada supera um cachimbo.

O Coronel Weston incentivou, então, com repentina sagacidade:

— Então acenda, meu bom homem.

Blatt balançou a cabeça.

— Não estou com o cachimbo no momento. Mas me mantenha informado sobre tudo isso. Tudo o que ouvi até agora é que Mrs. Marshall foi assassinada em uma das praias daqui.

— Na Enseada do Duende — disse o Coronel Weston, observando-o.

— E ela foi estrangulada? — perguntou Mr. Blatt apenas, animado.

— Sim, Mr. Blatt.

— Nojento... muito nojento. Veja bem, ela pediu! Quentíssima... *très moutarde*... hein, Monsieur Poirot? Alguém tem ideia de quem foi o responsável, ou não devo perguntar?

Com um leve sorriso, o Coronel Weston disse:

— Bem, como sabe, somos nós que devemos fazer as perguntas.

Mr. Blatt acenou com o cigarro.

— Desculpe... desculpe... erro meu. Vá em frente.

— O senhor saiu para velejar esta manhã. A que horas?

— Saí daqui às 9h45.

— Havia alguém com o senhor?

— Nem uma alma. Fui total e completamente só.

— E para onde foi?

— Fui seguindo a costa, na direção de Plymouth. Levei comida para o almoço. O vento estava fraco, então não fui muito longe.

Depois de mais uma ou duas perguntas, Weston questionou:

— Agora, sobre os Marshall? O senhor sabe de algo que possa nos ajudar?

— Bem, eu já lhe dei minha opinião. *Crime passionnel!* Tudo o que posso dizer é que não fui *eu*! A bela Arlena não tinha interesse em mim. Já tinha seu garoto de olhos azuis! E, se você quer saber minha opinião, Marshall estava abrindo os olhos.

— O senhor tem alguma evidência disso?

— Vi-o lançar um olhar feio ao jovem Redfern uma ou duas vezes. Azarão, Marshall. Parece muito manso e tranquilo, como se estivesse meio adormecido o tempo todo... mas essa não é a sua reputação na cidade. Ouvi algumas coisinhas sobre ele. Quase foi preso por agressão certa vez. Veja bem, o sujeito em questão tinha feito um negócio bem sujo. O capitão confiara nele e se decepcionara. Um negócio particularmente sujo, acredito. Marshall foi atrás dele e quase o matou. O sujeito não processou... tinha medo do que poderia ser divulgado. Não sei se serve de algo.

— Então o senhor acha possível — começou Poirot — que o Capitão Marshall tenha estrangulado a esposa?

— De jeito nenhum. Nunca disse nada do tipo. Só queria que soubessem que ele é o tipo de sujeito que pode ficar furioso em certas ocasiões.

Poirot disse:

— Mr. Blatt, há motivos para acreditar que Mrs. Marshall tenha ido esta manhã à Enseada do Duende para encontrar alguém. O senhor tem alguma ideia de quem pudesse ser?

Mr. Blatt deu uma piscadela.

— Não é um palpite. É uma certeza: Redfern!

— Não era Mr. Redfern.

Mr. Blatt pareceu surpreso e respondeu, hesitante:

— Então não sei... Não, não consigo imaginar... — Ele continuou, recuperando um pouco de sua atitude: — Como disse antes, não fui *eu*! Não deram sorte, meu amigo! Deixem-me ver, não pode ter sido Gardener... a esposa dele fica de olho o tempo todo! Aquele velho idiota do Barry? Não! E dificilmente teria sido o pároco. Embora, vejam bem, eu tenha visto Sua Reverência observando-a bastante. Cheio de santíssima desaprovação, mas com um fraco para belas curvas ainda assim! Hein? Hipócritas, a maioria dos párocos. Vocês leram sobre aquele caso mês passado? O pároco e a filha do sacristão! É de abrir os olhos.

Mr. Blatt deu uma risadinha.

— Não há nada que o senhor considere que possa nos ajudar? — indagou o Coronel Weston, com frieza.

O outro fez que não com a cabeça.

— Não. Não consigo pensar em nada — respondeu. Depois acrescentou: — Isso vai causar um certo rebuliço, imagino. A imprensa vai gostar muito. Não vai haver tanta conversa exagerada sobre a exclusividade do Hotel Jolly Roger no futuro. Que piada.

Hercule Poirot perguntou em baixo tom:

— O senhor não gostou da sua estadia aqui?

O vermelho no rosto de Mr. Blatt se acentuou.

— Bem, não, não gostei. É um bom lugar para velejar, a paisagem e o serviço e a comida são razoáveis... mas não há nenhuma *camaradagem* aqui, sabe o que quero dizer? O que estou dizendo é que meu dinheiro é tão bom quanto o de qualquer outro. Estamos todos aqui para nos divertir. Então por que não nos reunimos e fazemos isso? Essas panelinhas e pessoas sentadas sozinhas e dando bons-dias e boas-noites frios... Sim, sim, que clima agradável. Nenhuma *joie de vivre*. Bando de idiotas presunçosos!

Mr. Blatt fez uma pausa, já muito vermelho.

Ele enxugou a testa mais uma vez.

— Não me deem ouvidos — desculpou-se. — Eu fico nervoso, sabem.

III

Hercule Poirot tomou a palavra, e disse em voz baixa:

— E o que achamos de Mr. Blatt?

O Coronel Weston sorriu.

— O que *você* acha dele? — perguntou. — Conhece-o melhor do que eu.

A resposta de Poirot foi franca.

— Há muitas das suas expressões idiomáticas que o descrevem. O diamante bruto! O *self-made man*! O alpinista social! Ele é, dependendo de sua perspectiva, patético, ridículo, descarado! É uma questão de opinião. Mas também acho que ele é outra coisa.

— Que é?

Hercule Poirot, com os olhos no teto, murmurou:

— Acho que ele é... *nervoso*!

IV

— Eu calculei os tempos. Do hotel até a escada para a Enseada do Duende, três minutos — disse o Inspetor Colgate. — Isto é, andando até sair da vista do hotel e depois correndo feito louco.

Weston arqueou as sobrancelhas.

— É mais rápido do que eu pensava — comentou o coronel.

— Descendo a escada até a praia, 1 minuto e 45 segundos. Subindo, dois minutos. Isso para o Policial Flint. Ele é bastante atlético. Andando e usando a escada na velocidade normal, todo o caminho leva quase quinze minutos.

Weston assentiu.

— Há outra coisa que precisamos abordar: a questão do cachimbo.

— Blatt fuma cachimbo, assim como Marshall e o pároco também. Redfern fuma cigarros, o americano prefere um charuto. O Major Barry não fuma. Há um cachimbo no quarto de Marshall, dois no de Blatt, e um no do pároco. Uma camareira diz que Marshall tem dois cachimbos. A outra não é muito inteligente. Não sabe quantos cachimbos os outros dois têm. Disse vagamente que notou dois ou três nos quartos — resumiu Colgate.

Weston assentiu.

— Mais alguma coisa?

— Verifiquei a equipe. Todos parecem bastante honestos. Henry, no bar, ratifica a declaração de Marshall de que o viu às 10h50. William, o responsável pela praia, passou a maior parte da manhã lá embaixo, consertando a escada nas pedras perto do hotel. Ele parece ser um bom rapaz. George marcou a quadra de tênis e então cuidou das plantas perto do salão de jantar. Nenhum deles teria visto se alguém cruzasse a ponte para a ilha.

— Quando a ponte ficou transitável?

— Por volta das 9h30, senhor.

Weston cofiou o bigode.

— É possível que alguém tenha vindo por ali. Temos um novo ângulo, Colgate.

E contou sobre a descoberta da caixa de sanduíches na caverna.

V

Ouviu-se uma batida à porta.

— Entre — respondeu Weston.

Era o Capitão Marshall.

— O senhor pode me dizer que providências posso tomar em relação ao funeral?

— Acho que cuidaremos do inquérito depois de amanhã, Capitão Marshall.

— Obrigado.

— Com licença, senhor, permita-me devolver-lhe estas — disse Colgate.

Ele entregou as três cartas para Kenneth Marshall, que sorriu um tanto sardonicamente.

— O departamento de polícia testou a velocidade da minha datilografia? Espero que meu personagem tenha sido inocentado.

O Coronel Weston retrucou, em um tom agradável:

— Sim, Capitão Marshall, acho que podemos lhe dar um atestado de boa saúde. Essas folhas levam uma hora inteira para serem datilografadas. Além disso, o senhor foi ouvido batendo-as à máquina pela camareira até 10h55 e foi visto por outra testemunha vinte minutos depois.

O Capitão Marshall murmurou:

— Mesmo? Isso tudo parece muito satisfatório!

— Sim. Miss Darnley foi até o seu quarto às 11h20. O senhor estava tão ocupado datilografando que não a viu chegar.

O rosto de Kenneth Marshall assumiu uma expressão impassível.

— Miss Darnley diz isso? — Ele fez uma pausa. — Na verdade, ela está errada. Eu a vi, *sim*, embora ela talvez não esteja ciente do fato. Eu a vi pelo espelho.

— Mas não interrompeu sua digitação? — disse Poirot.

Marshall deu uma resposta breve.

— Não. Eu queria terminar. — O capitão parou por um minuto e então, com uma voz abrupta, completou: — Não há mais nada que eu possa fazer pelos senhores?

— Não, obrigado, Capitão Marshall.

Kenneth Marshall assentiu e saiu.

— Lá vai nosso melhor suspeito ... inocentado! Vejam, aí vem Neasdon. — comentou o coronel.

O médico entrou com um quê de animação em sua atitude e disse:

— Que belo pacotinho de morte vocês me enviaram.

— O que é?

— O que é? Cloridrato de diamorfina. Uma coisinha popularmente conhecida como heroína.

O Inspetor Colgate assobiou.

— Agora estamos chegando a algum lugar, isso sim! Podem acreditar, essa droga está por trás de toda a situação.

Capítulo 10

A pequena multidão saiu em bando do *pub* Red Bull. O breve inquérito estava encerrado, adiado por quinze dias.

Rosamund Darnley se juntou ao Capitão Marshall e perguntou em voz baixa:

— Não foi tão ruim, foi, Ken?

Ele não respondeu de imediato. Talvez estivesse consciente dos olhares fixos dos moradores, dos dedos que quase apontaram para ele e por pouco não o fizeram!

— *É ele, minha querida.*

— *Viu, é o marido dela.*

— *Esse é o marido.*

— *Olha, lá vai ele...*

Os murmúrios não eram altos o suficiente para chegar aos seus ouvidos, mas Marshall ainda assim era sensível a eles. Aquele era o pelourinho moderno. A imprensa ele já havia encontrado — rapazes autoconfiantes e persuasivos, adeptos a derrubar sua muralha de silêncio com os "Nada a declarar" que ele havia se esforçado tanto para erguer. Até mesmo os monossílabos secos que ele havia proferido, pensando que pelo menos não poderiam ser mal-entendidos, reapareceram nos jornais daquela manhã em uma forma totalmente diferente. "Questionado se concordava que o mistério da morte de sua esposa só poderia ser explicado pela suposição de que um assassino homicida havia encontrado uma forma de acessar a ilha, o Capitão Marshall declarou que...", e assim por diante.

Câmeras clicavam incessantemente. Naquele exato minuto, o som já bem conhecido chamou sua atenção. Ele se virou um pouco... Um jovem sorridente assentiu alegremente, seu propósito cumprido.

— Capitão Marshall e uma amiga saindo do Red Bull após o inquérito — murmurou Rosamund.

Marshall estremeceu.

— Não adianta, Ken! Você tem que encarar os fatos! Não me refiro apenas à morte de Arlena... Refiro-me a todo o horror que a acompanha. Os olhares arregalados e as línguas fofoqueiras, as inúteis entrevistas nos jornais... E a melhor maneira de encarar isso é achar graça! Repita todos os velhos clichês vazios e lhes dê um sorriso sarcástico.

— É assim que você agiria? — perguntou ele.

— Sim. — A mulher fez uma pausa. — Não é seu jeito, eu sei. Você é mais da linha proteção total. Permaneça rigidamente inativo e desapareça! Mas isso não será possível aqui... Não há para onde desaparecer. Você se destaca claramente à vista de todos... como um tigre listrado contra um pano de fundo branco. *O marido da mulher assassinada!*

— Pelo amor de Deus, Rosamund...

— Meu querido, estou falando pelo seu bem! — falou, gentilmente.

Os dois deram alguns passos em silêncio. Então Marshall disse em uma voz diferente:

— Eu sei que está. Não sou ingrato assim, Rosamund.

Eles tinham passado dos limites do vilarejo. Olhares os seguiam, mas não havia ninguém muito perto. A voz de Rosamund Darnley ficou mais baixa quando repetiu uma variação de seu primeiro comentário.

— Não foi tão ruim assim, não é?

O capitão ficou em silêncio por um momento.

— Não sei.

— O que a polícia pensa?

— Eles não se comprometem.

Rosamund ficou em silêncio por um minuto.

— Aquele homenzinho... Poirot... está ativamente interessado!

— Ele parecia bem próximo do chefe de polícia outro dia — afirmou Kenneth Marshall.

— Eu sei... mas ele está *fazendo* alguma coisa?

— Como diabos eu vou saber, Rosamund?

O capitão refletiu.

— Ele é bem velho. Deve ser meio gagá.

— Talvez.

Eles chegaram à ponte. À frente, tranquila ao sol, estava a ilha.

— Às vezes... as coisas parecem irreais — declarou Rosamund, de repente. — Não acredito, neste minuto, que isso tenha acontecido...

Marshall concordou.

— Acho que entendo o que você quer dizer — disse, devagar. — A natureza é tão indiferente! Uma formiga a menos... Não passa disso, para a natureza!

— Sim... e essa é a maneira correta de encarar a questão.

Ele lhe lançou um olhar muito rápido. Então disse, em voz baixa:

— Não se preocupe, minha querida. Está tudo bem. *Está tudo bem.*

II

Linda desceu até a ponte para encontrá-los. Ela se movia com os solavancos espasmódicos de um potro nervoso. Seu rosto jovem estava marcado por profundas sombras escuras sob os olhos, os lábios, secos e ásperos.

— O que aconteceu... — Estava sem fôlego. — O que... o que eles disseram?

— Inquérito adiado por quinze dias — respondeu o capitão.

— Isso significa que eles... eles não decidiram?

— Isso. Não há evidências suficientes.

— Mas... mas o que eles acham?

Marshall sorriu um pouco, apesar de tudo.

— Ah, minha querida... quem sabe? E a quem você se refere com "eles"? O legista, o júri, a polícia, os repórteres do jornal, os pescadores da Baía de Leathercombe?

— Acho que quero dizer... a polícia — replicou Linda, devagar.

— Não importa o que a polícia pensa, eles não vão revelar nada no momento — disse Marshall, seco.

Os lábios do homem se fecharam com firmeza após aquelas palavras e ele entrou no hotel. Quando Rosamund Darnley estava prestes a fazer o mesmo, Linda exclamou:

— Rosamund!

Ela se virou. O apelo mudo no rosto infeliz da garota a tocou. A mulher entrelaçou seu braço no de Linda e juntas se afastaram do hotel, tomando o caminho que levava ao extremo da ilha.

— Tente não se importar tanto, Linda — aconselhou Rosamund, com gentileza. — Eu sei que é tudo terrível e um choque e tudo o mais, mas não adianta ficar remoendo essas coisas. E pode ser só o... horror disso tudo que a está preocupando. Você não gostava *nem um pouco* de Arlena, não é?

Ela sentiu o tremor que percorreu o corpo da moça quando Linda respondeu:

— Não, eu não gostava dela...

— O luto é diferente... não dá para deixar *isso* para trás. Mas *dá* para superar o choque e o horror se você não deixar sua mente *fixar* nisso o tempo todo.

— Você não entende — retrucou Linda.

— Acho que entendo sim, minha querida.

Linda balançou a cabeça.

— Não, não entende. Você não entende nem um pouco… e Christine também não! Vocês duas têm sido gentis comigo, mas não conseguem entender o que estou sentindo. Acham que é simplesmente mórbido… que estou pensando em tudo isso quando não preciso. — Ela fez uma pausa. — Mas não é nada disso. Se você soubesse o que eu sei…

Rosamund parou de repente. Seu corpo não tremeu… pelo contrário, enrijeceu-se. Ela ficou ali parada por um momento, então soltou o braço da jovem.

— O que é que você sabe, Linda?

A garota olhou para ela. Então balançou a cabeça e murmurou:

— Nada.

Rosamund a pegou pelo braço novamente. O aperto doeu e Linda estremeceu de leve.

— Tome cuidado, Linda — avisou Rosamund. — Tome muito cuidado.

Linda ficou pálida.

— Eu *tomo* muito cuidado… o tempo todo.

— Escute, Linda, o que eu disse um ou dois minutos atrás se aplica da mesma forma… só que cem vezes mais. *Tire toda essa história da sua mente.* Nunca pense nisso. Esqueça… esqueça… Você consegue, se tentar! Arlena está morta e nada pode trazê-la de volta… Esqueça tudo e viva no futuro. E, acima de tudo, *segure sua língua*.

Linda se encolheu um pouco.

— Você… você parece saber de tudo.

— Eu não sei de *nada*! — retrucou Rosamund, energeticamente. — Na minha opinião, um vadio louco chegou à ilha e matou Arlena. Essa é a solução mais provável. Tenho quase certeza de que a polícia terá que aceitar isso no final. Foi isso que *deve* ter acontecido! Foi isso que *aconteceu*!

— Se meu pai... — começou Linda.

Mas Rosamund a interrompeu.

— Não fale isso.

— Tenho que contar uma coisa. Minha mãe...

— Bem, o que tem ela?

— Ela... ela foi julgada por assassinato, não foi?

— Sim.

— E meu pai se casou com ela depois — disse devagar. — Isso faz parecer, não é, como se ele não achasse que assassinato fosse algo muito errado... nem sempre, é claro.

— Não diga coisas assim... nem para mim! — Rosamund retrucou, brusca. — A polícia não tem nada contra seu pai. Ele tem um álibi... um álibi que eles não têm como questionar. Ele está perfeitamente seguro.

— Eles pensaram a princípio que meu pai...? — sussurrou Linda.

— Não sei o que eles pensaram! — gritou a mulher. — Mas agora sabem que *ele não poderia ter feito isso*. Entende? *Ele não poderia ter feito isso.*

Ela falou com autoridade, seu olhar comandando a aquiescência de Linda. A garota soltou um longo suspiro trêmulo.

— Logo você vai poder sair daqui. Vai esquecer de tudo... tudo!

Então, Linda disse com violência repentina e inesperada:

— *Eu nunca vou esquecer.*

E, virando-se abruptamente, correu de volta para o hotel. Rosamund ficou observando.

III

— Há algo que gostaria de saber, madame.

Christine Redfern olhou para Poirot de uma maneira um pouco distraída.

— Sim?

Hercule Poirot deu muito pouca atenção à distração dela. Notou como seus olhos seguiam a figura do marido enquanto ele andava de um lado para o outro do lado de fora do bar, mas no momento não tinha interesse em problemas puramente conjugais. Queria informações.

— Sim, madame. Foi um comentário... um comentário casual seu que despertou minha atenção outro dia — explicou Poirot.

Christine, com os olhos ainda em Patrick, perguntou:

— Ah, é? O que eu disse?

— Foi em resposta a uma pergunta do chefe de polícia. A senhora declarou que entrou no quarto de Miss Linda Marshall na manhã do crime e não a encontrou, e que ela havia retornado para o quarto mais tarde. Foi então que o chefe de polícia perguntou onde ela havia estado.

— E eu disse que ela estava mergulhando? É isso? — questionou ela, impaciente.

— Ah, mas a senhora não disse exatamente isso. Não disse "ela estava mergulhando". Suas palavras foram, "ela disse que tinha ido dar um mergulho".

— É a mesma coisa, com certeza — disse Christine.

— Não, não é a mesma coisa! A forma da sua resposta sugere uma certa atitude mental de sua parte. Linda Marshall entrou no quarto usando um roupão, e ainda assim, por algum motivo, você não partiu do princípio imediatamente que ela estava no mar. Isso é demonstrado pelas suas palavras, "ela *disse* que tinha ido dar um mergulho". O que havia em sua aparência, em seus trejeitos, ou em algo que ela vestia ou que disse, que levou a senhora a se sentir surpresa quando Linda disse que estava mergulhando?

Christine desviou a atenção de Patrick e se concentrou por completo em Poirot. Seu interesse fora capturado.

— Isso é inteligente da sua parte. É bem verdade, agora eu me lembro... Fiquei, *realmente*, um pouco surpresa quando Linda disse que havia ido dar um mergulho.

— Mas por quê, madame, por quê?

— Sim, por quê? É o que estou tentando lembrar. Ah sim, acho que foi por causa do pacote na mão dela.

— Ela carregava um pacote?

— Sim.

— A senhora não sabe o que havia nele?

— Ah, sim, sei. O barbante arrebentou. Estava frouxo, do jeito que amarram na vila. Eram *velas*... espalharam-se pelo chão. Eu ajudei a recolhê-las.

— Ah — disse Poirot. — Velas.

Christine encarou-o.

— O senhor parece animado, Monsieur Poirot.

— Linda disse por que comprou velas? — perguntou o detetive.

Christine refletiu.

— Não, não acho que ela tenha feito isso. Suponho que fosse para ler à noite... talvez a luz elétrica não fosse boa.

— Pelo contrário, madame, havia uma luminária elétrica em perfeito estado na mesa de cabeceira.

— Então não sei para que ela queria as velas.

— Qual foi a atitude dela... quando o barbante arrebentou e as velas caíram do pacote? — perguntou Poirot.

— Ela ficou... aflita... envergonhada — respondeu Christine, lentamente.

Poirot assentiu.

— Você notou um calendário no quarto dela?

— Um calendário? De que tipo?

— Possivelmente um calendário verde... com folhas destacáveis.

Christine apertou os olhos em um esforço para atiçar a memória.

— Um calendário verde... verde bem brilhante. Sim, eu já vi um calendário assim... mas não consigo lembrar onde. Pode ter sido no quarto da Linda, mas não tenho certeza.

— Mas a senhora definitivamente já viu algo assim.

— Sim.

Poirot assentiu outra vez. Christine de repente questionou:

— O que está insinuando, Monsieur Poirot? Qual é o significado de tudo isso?

Em vez de responder, o detetive belga mostrou-lhe um pequeno livro encadernado em couro marrom desbotado e perguntou:

— A senhora já viu isso antes?

— Por que... Eu acho... Não tenho certeza... Sim, Linda estava folheando este livro na biblioteca da vila outro dia. Mas ela o fechou e o colocou de volta na prateleira apressada quando me aproximei. Fiquei pensando no que poderia ser.

Sem dizer palavra, Poirot exibiu o título.

Uma história de bruxaria, feitiçaria e da criação de venenos não identificáveis.

— Não entendo. O que tudo isso significa? — perguntou Christine.

— Pode significar, madame, muita coisa — respondeu Poirot, com seriedade.

Christine olhou para ele com uma expressão dúbia, mas Poirot não se explicou.

— Mais uma pergunta, madame. A senhora tomou banho naquela manhã, antes de sair para jogar tênis?

Christine o encarou de novo.

— Um banho? Não. Eu não teria tido tempo e, de qualquer forma, não tomaria um banho, não antes do tênis. Talvez tomasse um depois.

— A senhora usou o banheiro quando chegou?

— Lavei o rosto e as mãos, só isso.

— Não ligou a banheira?

— Não, tenho certeza que não.

Poirot assentiu e disse:

— Não tem importância.

IV

Hercule Poirot estava de pé ao lado da mesa onde Mrs. Gardener estava entretida com um quebra-cabeça. Ela ergueu os olhos e pulou de susto.

— Ora, Monsieur Poirot, como chegou tão silenciosamente ao meu lado? Não o ouvi se aproximar. Acabou de voltar do inquérito? Sabe, só de pensar naquele caso eu fico tão nervosa, não sei o que fazer. É por isso que estou montando este quebra-cabeça. Simplesmente não conseguiria ficar sentada na praia como sempre. Como Mr. Gardener sabe, quando meus nervos estão todos perturbados, não há nada como um desses quebra-cabeças para me acalmar. Agora, *onde* essa peça branca se encaixa? Deve ser parte do tapete, mas não consigo ver…

Gentilmente, Poirot pegou a peça.

— Encaixa-se, madame, *aqui*. É parte do gato.

— Não pode ser. É um gato preto.

— Um gato preto, sim, mas veja bem, a ponta do rabo do gato preto, na verdade, é branca.

— Ora, é verdade! Que inteligente da sua parte! Mas eu acho que as pessoas que fazem quebra-cabeças são meio más.

Fazem de tudo só para nos enganar. — Ela encaixou outra peça e então continuou. — Sabe, Monsieur Poirot, tenho observado o senhor nos últimos dias. Só queria vê-lo detetivando, se é que me entende... não que não pareça um tanto frio quando coloco desta maneira, como se tudo fosse um jogo... E aquela pobre criatura morta. Ah, meu Deus, toda vez que penso nisso, fico arrepiada! Falei com Mr. Gardener mais cedo que *precisava* sair daqui, e agora que o inquérito acabou, ele acha que poderemos partir amanhã, e isso será uma bênção, tenho certeza. Mas voltando ao trabalho de detetive, eu gostaria muito de saber seus métodos... Sabe, eu me sentiria privilegiada se o senhor apenas me *explicasse*.

— É um pouco como seu quebra-cabeça, madame — disse Poirot. — A gente monta as peças. É como um mosaico, de muitas cores e padrões... e cada pedacinho de formato estranho deve ser encaixado no lugar que lhe cabe.

— Minha nossa, que interessante. Ora, como o senhor explicou isso lindamente.

— E às vezes é como a peça que acabamos de encaixar no seu quebra-cabeça agora — continuou o detetive. — A gente organiza muito metodicamente as peças, classifica as cores... e então talvez uma peça de uma cor que deveria se encaixar... digamos, no tapete, em vez disso acaba pertencendo ao rabo de um gato preto.

— Ora, se isso não soa fascinante demais! E há muitas peças, Monsieur Poirot?

— Sim, madame. Quase todos aqui neste hotel me deram uma peça para meu quebra-cabeça. A senhora, inclusive.

— Eu? — O tom de Mrs. Gardener foi estridente.

— Sim, uma observação sua, madame, foi extremamente útil. Poderia dizer até que foi esclarecedora.

— Bem, que adorável! O senhor não pode me contar mais, Monsieur Poirot?

— Ah! Madame, eu reservo as explicações para o último capítulo.

— Ah, mas que pena! — murmurou a mulher.

V

Hercule Poirot bateu gentilmente à porta do quarto do Capitão Marshall. Lá de dentro vinha o som de uma máquina de escrever.

Um brusco "Entre" veio do cômodo, e Poirot obedeceu. O Capitão Marshall estava de costas para ele, sentado à escrivaninha entre as janelas, datilografando. Ele não virou a cabeça, mas seus olhos encontraram os de Poirot pelo espelho pendurado na parede à frente. O capitão perguntou, irritado:

— Bem, Monsieur Poirot, o que é?

— Mil perdões por me intrometer. O senhor está ocupado?

Marshall respondeu sem delongas:

— Sim, bastante.

— É uma pequena pergunta que eu gostaria de lhe fazer.

— Meu Deus, estou farto de responder perguntas. Já respondi às perguntas da polícia. Não me sinto inclinado a responder às suas.

— A minha é bem simples, não passa do seguinte: na manhã da morte da sua esposa, o senhor tomou um banho depois de terminar suas cartas e antes de sair para jogar tênis?

— Um banho? Não, claro que não! Eu tinha tomado banho apenas uma hora antes!

— Obrigado. Era só isso — disse Poirot.

— Mas olhe aqui. Ah... — O outro fez uma pausa indecisa.

Poirot se retirou, fechando a porta gentilmente.

— Esse sujeito é louco! — comentou Kenneth Marshall.

VI

Do lado de fora do bar, Poirot encontrou Mr. Gardener. Ele levava dois coquetéis, claramente a caminho de onde Mrs. Gardener estava enclausurada com seu quebra-cabeça.

Ela sorriu para Poirot de forma simpática.

— Quer se juntar a nós, Monsieur Poirot?

O detetive negou com a cabeça, mas perguntou:

— O que achou do inquérito, Mr. Gardener?

O homem baixou o tom de voz para responder.

— Pareceu-me meio indeterminado. Sua polícia, imagino, tem algo na manga.

— É possível — disse Hercule Poirot.

Mr. Gardener baixou ainda mais a voz.

— Ficarei feliz em tirar Mrs. Gardener daqui. Ela é uma mulher muito, muito sensível, e esse caso está lhe dando nos nervos. Ela é muito agitada.

— Você me permite, Mr. Gardener, fazer uma pergunta? — pediu Poirot.

— Ora, certamente, Monsieur Poirot. Ficarei feliz em ajudar de qualquer forma que puder.

— O senhor é um homem do mundo... um homem, na minha opinião, de considerável perspicácia. Qual era sua opinião sincera sobre a falecida Mrs. Marshall?

As sobrancelhas de Mr. Gardener se ergueram em surpresa. Ele olhou ao redor cautelosamente e abaixou a voz.

— Bem, Monsieur Poirot, ouvi alguns rumores que estão circulando, se é que me entende, especialmente entre as mulheres. — Poirot assentiu, incentivando-o a continuar. — Mas se quer saber o que eu acho, eu lhe darei a minha mais sincera opinião: aquela mulher era uma grande tola!

— Isso é muito interessante — disse Poirot, pensativo.

VII

— Então é a minha vez, não é? — disse Rosamund Darnley.

— Como?

Ela riu.

— Outro dia, o chefe de polícia fez suas perguntas, e o senhor ficou sentado. Hoje, acho, o senhor está conduzindo o próprio inquérito extraoficial. Eu estava observando. Primeiro Mrs. Redfern, então vi pela janela da sala que o senhor foi até onde Mrs. Gardener está fazendo seu terrível quebra-cabeça. Agora é a minha vez.

Hercule Poirot sentou-se ao lado dela. Estavam no Rochedo do Sol. Lá embaixo, o mar exibia um verde escuro e brilhante. De longe, era de um azul pálido deslumbrante.

— É muito inteligente, mademoiselle. Penso assim desde que cheguei. Seria um prazer discutir a situação com a senhorita.

— Quer saber o que eu penso sobre tudo isso? — perguntou Rosamund, tranquila.

— Seria muito interessante.

— Acho que é, na verdade, muito simples. A pista está no passado da mulher.

— No passado? Não no presente?

— Ah, não necessariamente o passado muito remoto. Eu vejo da seguinte forma: Arlena Marshall era atraente, fatalmente atraente, para os homens. É possível, acho, que ela também se cansasse deles bem rápido. Entre seus... seguidores, digamos... devia haver um que se ressentia disso. Ah, não me entenda mal, não será alguém que se destaca, de forma alguma. Provavelmente algum homenzinho tépido, vaidoso e sensível... o tipo de homem que fica remoendo as coisas. Acho que ele a seguiu até aqui, esperou pela oportunidade certa e a matou.

— Você quer dizer que era um estranho, vindo do continente?

— Sim. Ele provavelmente se escondeu naquela caverna até conseguir sua chance.

Poirot balançou a cabeça.

— Ela iria até lá para encontrar um homem, como a senhorita descreve? Não, ela daria risada e não iria.

— Talvez não soubesse que iria encontrá-lo — argumentou a mulher. — Ele pode ter enviado uma mensagem em nome de outra pessoa.

— Isso é possível — murmurou Poirot. Então continuou: — Mas acho que esqueceu-se de uma coisa, mademoiselle. Um homem decidido a matar não se arriscaria a atravessar a ponte e passar pelo hotel em plena luz do dia. Alguém poderia tê-lo visto.

— Talvez... mas não acho que seja certo. Acho que seria bem possível que ele viesse sem que ninguém o notasse.

— Seria *possível*, sim, isso eu concordo. Mas o ponto é que ele não poderia *contar* com essa possibilidade.

— O senhor não está esquecendo de algo? O clima — disse Rosamund.

— O clima?

— Sim. No dia do assassinato o clima estava glorioso, mas no dia anterior, lembre-se, choveu e a névoa estava espessa. Qualquer um poderia ter vindo para a ilha sem ser visto. Seria necessário apenas ir até a praia e passar a noite na caverna. Essa névoa, Monsieur Poirot, é importante.

O detetive a encarou pensativo por um momento.

— Sabe, há muita coisa no que a senhorita acabou de dizer.

Rosamund corou.

— Essa é minha teoria, se vale de algo. Agora me conte a sua.

— Ah — disse Hercule Poirot, e olhou para o mar. — *Eh bien*, mademoiselle. Sou uma pessoa muito simples. Eu sempre me inclino à crença de que a pessoa mais provável foi quem cometeu o crime. No começo, pareceu-me que uma pessoa era a mais claramente indicada.

A voz de Rosamund endureceu um pouco.

— Prossiga.

— Mas veja, há o que chamam de uma pedra no caminho! Parece *impossível* que aquela pessoa tenha cometido o crime — continuou ele.

Poirot ouviu o suspiro veloz dela, que pediu, um tanto ofegante.

— E então?

O detetive belga deu de ombros.

— Bem, o que fazemos sobre isso? Esse é o meu problema. — Ele fez uma pausa e então continuou. — Posso lhe fazer uma pergunta?

— Certamente.

Ela o encarou, alerta e vigilante. Mas a pergunta foi inesperada.

— Quando a senhorita veio se trocar para jogar tênis naquela manhã, tomou banho?

Rosamund olhou para ele.

— Banho? Como assim?

— Quero saber se a senhorita tomou um banho! Uma banheira de porcelana, abrem-se as torneiras e enche-se, entra-se na água, sai-se da água e *glub-glub-glub*... *glub-glub*, a água desce pelo cano de esgoto!

— Monsieur Poirot, o senhor está louco?

— Não, estou extremamente são.

— Bom, de qualquer forma, eu *não tomei* banho.

— Ha! — exclamou Poirot. — Então ninguém tomou banho. Isso é extremamente interessante.

— Mas por que alguém teria tomado banho?

— Por que, de fato? — disse Poirot.

— Acho que isso é o que diz Sherlock Holmes! — falou Rosamund, com alguma exasperação.

Hercule Poirot sorriu. Então cheirou o ar delicadamente.

— Permite-me uma indiscrição, mademoiselle?

— Tenho certeza de que não seria indiscreto, Monsieur Poirot.

— Isso é muito gentil da sua parte. Então permita-me aventurar-me a dizer que o perfume que a senhorita usa é muito cheiroso... tem uma *nuance*... um charme delicado e evasivo. — Ele acenou com as mãos e então acrescentou, com uma voz prática: — Gabrielle, Nº 8, suponho?

— Que sagacidade. Sim, eu sempre uso essa fragrância.

— Assim como a falecida Mrs. Marshall. É chique, *non*? E muito caro?

Rosamund deu de ombros com um leve sorriso.

— A senhorita estava sentada aqui onde estamos neste momento, mademoiselle, na manhã do crime. Foi vista aqui, ou pelo menos seu guarda-sol foi visto por Miss Brewster e por Mr. Redfern, enquanto passavam pelo mar. Durante a manhã, mademoiselle, tem certeza de que não ocorreu-lhe de ir até a Enseada do Duende e entrar na caverna lá, a famosa Caverna do Duende?

Rosamund virou o rosto e o encarou.

— O senhor está me perguntando se eu matei Arlena Marshall? — perguntou sem alterar o tom de voz, calmamente.

— Não, estou perguntando se foi até a Caverna do Duende.

— Eu nem sei onde fica. Por que entraria lá? Por qual razão?

— No dia do crime, mademoiselle, alguém entrou naquela caverna usando Gabrielle Nº 8.

— O senhor mesmo acabou de dizer, Monsieur Poirot, que Arlena Marshall usava Gabrielle Nº 8 — refutou Rosamund, rigorosa. — Ela estava na praia naquele dia. Seria de se imaginar que foi ela quem entrou na caverna.

— Por que ela entraria na caverna? É escuro lá, estreito e muito desconfortável.

— Não me pergunte o por quê — falou a mulher, impaciente. — Como ela estava realmente na enseada, seria de longe a pessoa mais provável. Eu já lhe disse que não saí deste lugar a manhã toda.

— Exceto quando foi ao hotel, e passou no quarto do Capitão Marshall. — Poirot lembrou.

— Sim, claro. Eu tinha esquecido disso.

— E você estava errada, mademoiselle, quando pensou que o Capitão Marshall não a viu.

— Kenneth me viu? Ele... ele disse isso? — questionou ela, incrédula.

Poirot assentiu.

— Ele a viu, mademoiselle, no espelho pendurado acima da mesa.

Rosamund recuperou o fôlego e expirou.

— Ah, entendi.

Poirot não estava mais olhando para o mar, e sim para as mãos de Rosamund Darnley, apoiadas em seu colo. Eram mãos bonitas, bem torneadas, com dedos muito longos.

Rosamund, lançando um rápido olhar para ele, seguiu a direção do olhar de Poirot.

— Por que está olhando para as minhas mãos? O senhor acha... acha que... ?

— Acho... o quê, mademoiselle? — indagou Poirot.

— Nada.

VIII

Talvez uma hora depois, Hercule Poirot chegou ao topo do caminho que levava à Enseada da Gaivota. Havia alguém sentado na praia, uma figura esbelta com uma camisa vermelha e shorts azul-escuros.

Poirot desceu a trilha, pisando com cuidado com seus sapatos elegantes e apertados.

Linda Marshall virou a cabeça bruscamente. Poirot achou que ela se encolheu um pouco.

Quando Poirot se aproximou e se abaixou com cautela para os pedriscos ao seu lado, os olhos da garota pousaram nele com a suspeita e a atenção de um animal encurralado. Ele percebeu, com uma pontada, o quão jovem e vulnerável era a moça.

— O que é? O que você quer? — perguntou ela.

Hercule Poirot não respondeu por um momento.

— Outro dia a senhorita disse ao chefe de polícia que gostava da sua madrasta e que ela era gentil com você.

— E?

— Isso não era verdade, era, mademoiselle?

— Era, sim.

— Ela pode não ter sido ativamente maldosa... isso eu admito. Mas você não era próxima dela, ah, não... Acho que desgostava dela profundamente. Isso era muito claro.

— Talvez eu não gostasse muito dela. Mas não se pode dizer isso quando a pessoa morreu. Não seria decente.

Poirot suspirou.

— Ensinaram-lhe isso na escola?

— Mais ou menos, acho.

— Quando uma pessoa é assassinada, é mais importante ser verdadeiro do que ser decente.

— Imagino que *você* diria algo assim.

— Eu diria e digo. É meu trabalho, veja bem, descobrir quem matou Arlena Marshall.

— Quero esquecer tudo. É tão horrível — murmurou Linda.

— *Mas você não consegue esquecer, não é?* — disse Poirot, com gentileza.

— Imagino que algum animal enlouquecido a matou.

— Não, não acho que tenha sido bem assim — sussurrou.

Linda prendeu a respiração.

— Parece que você... *sabe*?

— Talvez eu saiba. — Poirot fez uma pausa e continuou: — Você confiará em mim, minha filha, para fazer o melhor que puder por seu amargo problema?

Linda levantou-se de um salto e desconversou.

— Não tenho problema nenhum. Não há nada que você possa fazer por mim. Não sei do que está falando.

Poirot insistiu, observando-a,

— Estou falando das *velas*...

Ele viu o terror saltar em seus olhos.

— Não vou ouvir você. Não vou ouvir! — exclamou ela.

Linda Marshall correu pela praia, rápida como uma jovem gazela, e saiu voando pelo caminho em ziguezague.

Poirot balançou a cabeça. Ele parecia sério e preocupado.

Capítulo 11

O Inspetor Colgate estava se reportando ao chefe de polícia.

— Eu descobri uma coisa, senhor, e é algo sensacional. É sobre o dinheiro de Mrs. Marshall. Eu estive dando uma olhada nisso com os advogados dela. Diria que foi um choque e tanto para eles. Tenho provas da história da chantagem. Você se lembra que ela recebeu cinquenta mil libras do velho Erskine? Bem, tudo o que sobrou foram cerca de quinze mil.

O chefe de polícia assobiou.

— Minha nossa, e o que aconteceu com o resto?

— Esse é o ponto interessante, senhor. Ela vendeu algumas coisas de tempos em tempos, e todas as vezes tratou do assunto em espécie ou títulos negociáveis... ou seja, ela entregou o dinheiro para alguém que não queria que fosse rastreado. Chantagem, certamente.

O Coronel Weston assentiu.

— É o que parece. E o chantagista está aqui, neste hotel. Isso significa que deve ser um desses três homens. Tem alguma coisa nova sobre algum deles?

— Não posso dizer que encontrei algo definitivo, senhor. O Major Barry é um militar aposentado, como diz. Mora em um apartamento modesto, recebe uma pensão e uma pequena renda em ações. *Mas* depositou somas consideráveis no último ano.

— Isso parece promissor. Qual é a explicação dele?

— Diz que são ganhos de apostas. É verdade que ele vai a todas as grandes corridas. Faz suas apostas no hipódromo, não administra uma conta.

— É difícil refutar isso — disse em concordância. — Mas é sugestivo.

Colgate continuou.

— A seguir, o reverendo Stephen Lane. É *bona fide*, sim... servia na igreja de Saint Helen's, em Whiteridge, Surrey... renunciou ao cargo há pouco mais de um ano devido a problemas de saúde, que levaram-no a uma casa de repouso para doentes mentais. Ele ficou lá por quase dois anos.

— Interessante — disse Weston.

— Sim, senhor. Tentei arrancar o máximo que pude do médico responsável, mas sabe como esses médicos são... É difícil tirar qualquer coisa objetiva deles. Mas, até onde entendi, o problema do reverendo era uma obsessão pelo diabo, especialmente o diabo disfarçado de mulher... mulher escarlate, prostituta da Babilônia.

— Hum — disse Weston. — Já houve precedentes para assassinatos aí.

— Sim, senhor. Parece-me que Stephen Lane é, pelo menos, uma possibilidade. A falecida Mrs. Marshall era um bom exemplo do que um clérigo chamaria de uma "mulher escarlate", até a cor do cabelo. Não me parece impossível que ele tenha sentido que era sua missão se livrar dela. Isso é, se for realmente louco.

— Nada que se encaixe na teoria da chantagem?

— Não, senhor, acho que podemos livrá-lo nesse ponto. Tem algumas rendas particulares, mas não muitas, e nenhum aumento repentino ultimamente.

— E quanto ao relato de seus passos no dia do crime?

— Não consegui nenhuma confirmação. Ninguém se lembra de ter encontrado um pároco no caminho. Quanto ao livro da igreja, a última assinatura era de três dias antes, e ninguém o verificava há cerca de quinze dias. Ele poderia facilmente ter ido até lá no dia anterior, digamos, ou até mesmo antes, e datado sua passagem do dia 25.

Weston assentiu.

— E o terceiro homem?

— Horace Blatt? Na minha opinião, senhor, definitivamente tem algo suspeito ali. Paga imposto de renda sobre uma quantia muito superior ao que ganha com seu negócio de ferragens. E, veja bem, é um sujeito escorregadio. Provavelmente poderia inventar uma justificativa razoável... aposta um pouco na bolsa de valores e está envolvido em um ou dois negócios mais obscuros. Ah, sim, pode haver explicações plausíveis, mas não há como escapar do seguinte fato: ele vem recebendo somas bem altas de fontes inexplicáveis já faz alguns anos.

— Então — disse Weston —, sua conclusão é que Mr. Horace Blatt é um bem-sucedido chantagista profissional?

— Isso, senhor, ou são drogas. Falei com o Inspetor-chefe Ridgeway, que é o responsável pela divisão de narcóticos, e ele ficou muito interessado. Parece que tem entrado bastante heroína no país ultimamente. Eles estão no pé dos pequenos distribuidores, e sabem mais ou menos quem está no comando do outro lado, mas como as drogas estão entrando no país é o que os tem mantido perplexos até agora.

— Se a morte de Mrs. Marshall é resultado de ter se envolvido, propositalmente ou não, com o tráfico de drogas, então é melhor entregarmos o caso para a Scotland Yard. Isso é com eles, certo? O que me diz? — disse o coronel.

O Inspetor Colgate concordou com certo pesar.

— Receio que esteja certo, senhor. Se for caso de entorpecentes, então o caso é para a Yard.

Depois de pensar um pouco, Weston se pronunciou novamente.

— Realmente parece a explicação mais provável.

Colgate assentiu, melancólico.

— Sim, é verdade. Marshall está completamente limpo... embora eu tenha obtido algumas informações que poderiam ter sido úteis se seu álibi não fosse tão bom. Parece que a empresa dele está muito perto da falência. Não é culpa dele ou do sócio, apenas consequências da crise do ano passado e do estado geral do comércio e das finanças nacionais. Até onde sabia, Marshall ganharia cinquenta mil libras se a esposa morresse, e cinquenta mil lhe teriam sido uma quantia muito útil. — Ele suspirou. — Parece uma pena que, quando um homem tem dois motivos perfeitos para cometer um assassinato, possa ser provado que ele não teve nada a ver com isso!

Weston sorriu.

— Anime-se, Colgate. Ainda há uma chance de nos distinguirmos. Ainda há a questão da chantagem e o pastor maluco, mas, pessoalmente, acho que a solução envolvendo tráfico de drogas é de longe a mais provável — disse, então acrescentou: — E se foi um dos traficantes que a matou, nós teremos sido de fundamental ajuda à Scotland Yard na resolução do problema. Na verdade, considerando tudo, de uma forma ou de outra, nós nos saímos muito bem.

Um sorriso relutante apareceu no rosto de Colgate.

— Bem, é isso, senhor. A propósito, verifiquei o autor daquela carta que encontramos no quarto dela, a assinada *J.N.* Nada feito. Ele está na China. O mesmo sujeito sobre o qual Miss Brewster comentou. Um jovem malandro. Eu verifiquei os outros amigos de Mrs. Marshall. Não achei nada. Tudo o que havia para descobrir nós já descobrimos, senhor.

— Então agora depende de nós. — Weston fez uma pausa e então acrescentou: — Ouviu alguma coisa do nosso colega belga? Ele sabe de tudo que você me contou?

— Ele é um sujeitinho esquisito, não é? — comentou o inspetor, sorrindo. — Sabe o que me perguntou anteontem? Queria saber detalhes de quaisquer casos de estrangulamento que tenham ocorrido nos últimos três anos.

O Coronel Weston ajeitou-se no assento.

— Queria, é? Eu me pergunto... — Ele fez uma pausa por um momento. — Quando foi que você disse que o reverendo Stephen Lane ficou internado no hospício?

— Na Páscoa do ano passado, senhor.

O Coronel Weston estava profundamente pensativo.

— Houve um caso... o corpo de uma jovem foi encontrado perto de Bagshot. Ela estava indo encontrar o marido em algum lugar e não apareceu. E houve o que os jornais chamaram de "mistério do bosque solitário". Ambos em Surrey, se me lembro bem.

Seus olhos encontraram os do inspetor.

— Surrey? — repetiu Colgate. — Minha nossa, senhor, tudo se encaixa, não é? Eu me pergunto...

II

Hercule Poirot estava sentado no gramado no topo da ilha. Um pouco à esquerda estava a escada de aço que levava até a Enseada do Duende. Havia vários rochedos ásperos perto do topo da escada, ele notou, formando um esconderijo fácil para qualquer um que se propusesse a descer até a praia. Do local em si, pouco se via do topo, devido à saliência do penhasco.

Hercule Poirot assentiu com a cabeça, sério.

As peças do seu quebra-cabeça estavam se encaixando.

Ele repassou mentalmente as pistas, considerando cada uma delas como um item separado.

Uma manhã na praia alguns dias antes da morte de Arlena Marshall.

Um, dois, três, quatro, cinco comentários diferentes, proferidos naquela manhã.

A noite de um jogo de bridge. Ele, Patrick Redfern e Rosamund Darnley estavam à mesa. Christine saíra enquanto estava de morto e ouvira certa conversa. Quem mais estava no salão naquele momento? Quem estava ausente?

A noite antes do crime. A conversa que teve com Christine no penhasco e a cena que testemunhou no caminho de volta para o hotel.

Gabrielle Nº 8.

Uma tesoura.

Uma haste de cachimbo quebrada.

Um frasco jogado de uma janela.

Um calendário verde.

Um punhado de velas.

Um espelho e uma máquina de escrever.

Um novelo de lã magenta.

Um relógio de pulso feminino.

Água da banheira, escorrendo pelo cano de esgoto.

Cada um desses fatos não relacionados deve se encaixar em seu lugar. Não deve haver pontas soltas.

E então, com cada fato concreto bem posicionado, passamos para a próxima parada: a crença de Poirot de que o mal está presente na ilha.

O mal...

Ele olhou para o papel datilografado que segurava.

Nellie Parsons... encontrada estrangulada em um bosque solitário perto de Chobham. Nenhuma pista sobre seu assassino jamais encontrada.

Nellie Parsons?

Alice Corrigan.

Ele leu com muita atenção os detalhes da morte de Alice Corrigan.

III

O Inspetor Colgate aproximou-se de Hercule Poirot, sentado no promontório com vista para o mar.

Poirot gostava do homem. Gostava de seu rosto rígido, dos olhos astutos e do jeito calmo e até lento.

O inspetor sentou-se e, olhando para as folhas datilografadas na mão de Poirot, perguntou:

— Esses casos lhe serviram de alguma coisa, senhor?

— Eu os estudei, sim.

Colgate levantou-se, andou mais à frente e deu uma espiada no espaço ao lado, então voltou.

— Precisamos ser muito cuidadosos. Não quero que me ouçam.

— Você é sábio.

— Não me importo em lhe dizer, Monsieur Poirot, que eu mesmo me interessei por esses casos... embora talvez não fosse pensar neles caso o senhor não tivesse feito esse pedido. — Ele fez uma pausa, depois continuou: — Fiquei interessado em um caso em particular.

— Alice Corrigan?

— Alice Corrigan. Falei com a polícia de Surrey sobre esse caso, queria saber todos os detalhes.

— Diga-me, meu amigo. Estou interessado... muito interessado.

— Achei que você poderia estar. Alice Corrigan foi encontrada estrangulada em Caesar's Grove, em Blackridge Heath, a menos de dez milhas de Marley Copse, onde Nellie Parsons foi encontrada. Ambos os lugares ficam num raio de doze milhas de Whiteridge, onde Mr. Lane era vigário.

— Conte-me mais sobre a morte de Alice Corrigan — solicitou Poirot.

— A polícia de Surrey não conectou a morte dela com a de Nellie Parsons a princípio, porque tinham considerado o marido como o culpado. Não sei bem por que, exceto por ele ser um pouco o que a imprensa chama de "homem misterioso"... não se sabe muito sobre ele, quem era ou de onde veio. Ela havia se casado com o sujeito contra a vontade da família e tinha um pouco de dinheiro... Além disso, o seguro de vida dela o tinha como beneficiário. Tudo isso foi o suficiente para levantar suspeitas, como acho que o senhor concordará.

Poirot assentiu.

— Mas, quando a corda apertou, o marido foi tirado de cena. O corpo foi descoberto por uma dessas mulheres que fazem trilhas, jovens robustas que usam bermudas. Tratava-se de uma testemunha absolutamente competente e confiável, professora de educação física em uma escola em Lancashire. Ela anotou a hora em que encontrou o corpo, exatamente 16h15, e deu a opinião de que a mulher estava morta havia pouco tempo, não mais do que dez minutos. Isso combinou bem com a declaração do cirurgião da polícia, quando examinou o corpo às 17h45. A testemunha deixou tudo como estava e atravessou a área rural até a delegacia de Bagshot, onde relatou a morte. Agora, das quinze às 16h10, Edward Corrigan estava no trem vindo de Londres, onde tinha passado o dia a negócios. Dividia o vagão com quatro outras pessoas. Da estação, ele pegou o ônibus local, no qual dois desses companheiros de viagens também embarcaram. Ele desceu no Café Pine Ridge, onde tinha combinado de encontrar a esposa para um chá. Eram 16h25. Ele pediu chá para os dois, mas disse para não trazerem até que ela chegasse. Então deu uma volta do lado de fora enquanto esperava a esposa. Quando, às dezessete horas, ela não apareceu, ele ficou alarmado, pensou que poderia ter torcido o tornozelo no caminho. O acordo era que a mulher atravessaria as charnecas da vila onde estavam hospedados até o café e depois voltariam para casa de ônibus. Caesar's Grove não fica longe do café, e acredita-se que, como ela estava adiantada, sentou-se lá para admirar a vista um momento antes de continuar, e que algum vagabundo ou louco a encontrou lá e a pegou desprevenida. Uma vez que provou-se que o marido estava fora de cogitação, naturalmente os policiais conectaram a morte dela com a de Nellie Parsons, a serviçal um tanto volúvel que foi encontrada estrangulada em Marley Copse. Decidiram que o mesmo homem era responsável por ambos os crimes, mas nunca o capturaram, nem nunca chegaram perto! Não encontraram pista alguma.

Colgate fez uma pausa e então disse completou:

— E agora... aqui temos uma terceira mulher estrangulada... e um certo cavalheiro que não vamos nomear, no lugar certo.

Ele ficou em silêncio.

Seus olhinhos astutos se voltaram para Poirot. Colgate esperou esperançosamente. Os lábios de Poirot se moveram. O Inspetor Colgate se inclinou para a frente. Poirot estava murmurando:

— ... tão difícil saber quais peças são do tapete de pele e quais são do rabo do gato.

— *Perdão*, senhor? — questionou o Inspetor Colgate, sobressaltado.

Poirot disse rapidamente:

— Minhas desculpas. Eu estava seguindo uma linha de pensamento própria.

— Que história é essa de tapete e gato?

— Nada... nada mesmo. — Ele fez uma pausa. — Diga-me, Inspetor Colgate, se você suspeitasse que alguém está contando mentiras... muitas, muitas mentiras... mas não tivesse provas, o que faria?

O inspetor pensou na pergunta.

— É difícil, sim. Mas, na minha opinião, se alguém conta mentiras o suficiente, mais cedo ou mais tarde está fadado a tropeçar.

Poirot assentiu.

— Sim, isso é bem verdade. Veja, é só na minha mente que certas declarações são mentiras. Eu *acho* que são mentiras, mas não tenho *certeza* de que são mentiras. Mas talvez seja possível fazer um teste, um teste de uma mentirinha não muito perceptível. E, se isso se provar ser uma mentira... ora, então saberíamos que todo o resto também é!

O Inspetor Colgate olhou para ele com curiosidade.

— Sua mente funciona de um jeito engraçado, não é, senhor? Mas ouso dizer que no fim dá tudo certo. Se me permite perguntar, o que o levou a questionar sobre casos de estrangulamento em geral?

Poirot levou um tempo para responder.

— Você tem uma palavra no seu idioma... jeitoso. Esse crime me pareceu um crime muito *jeitoso*! Isso me fez pensar que, talvez, esta não tivesse sido a primeira tentativa.

— Entendi — disse o inspetor.

— Eu disse a mim mesmo: vamos examinar crimes passados de natureza parecida, e se houver um crime que se assemelhe muito a este... *eh bien*, teremos aí uma pista muito valiosa.

— Quer dizer, o fato de ser o mesmo método de assassinato, senhor?

— Não, não, quero dizer mais do que isso. A morte de Nellie Parsons, por exemplo, não me diz nada. Mas a de Alice Corrigan... diga-me, Inspetor Colgate, você não percebe uma similaridade marcante neste crime?

O Inspetor Colgate refletiu sobre o problema.

— Não, senhor, não posso dizer que percebo. A exceção é que em ambos os casos o marido tinha um álibi pétreo.

Com tranquilidade, Poirot disse:

— Ah, então você *percebeu*?

IV

— Ah, Poirot. Que bom vê-lo. Entre. Era exatamente o homem que eu queria ver.

Hercule Poirot respondeu ao convite.

O chefe de polícia empurrou uma caixa de cigarros, pegou um para si e o acendeu.

— Decidi, mais ou menos, um curso de ação — disse entre tragadas. — Mas gostaria de sua opinião sobre o assunto antes de agir decisivamente.

— Diga-me, meu amigo — disse Poirot.

— Decidi chamar a Scotland Yard e entregar o caso a eles. Na minha opinião, embora tenha havido motivos para suspeitas contra uma ou duas pessoas, o caso todo gira em torno do tráfico de drogas. Parece-me claro que aquele lugar, a Caverna do Duende, era um ponto de encontro para tal.

Poirot assentiu.

— Concordo.

— Maravilha. E tenho quase certeza de quem é o nosso traficante: Horace Blatt.

Poirot concordou mais uma vez.

— Isso também faz sentido.

— Vejo que nossas mentes seguiram o mesmo caminho. Blatt costumava velejar naquele barco dele. Às vezes convidava alguém para acompanhá-lo, mas na maioria das vezes saía sozinho. Usava velas vermelhas bem chamativas, mas descobrimos que ele também tinha velas brancas guardadas. Minha teoria é que ele velejava em um bom dia até um local designado e era recebido por outro barco, um veleiro ou um iate a motor, algo do tipo, e as mercadorias eram entregues. Então Blatt corria para a praia na Enseada do Duende em um horário adequado...

Hercule Poirot sorriu.

— Sim, sim, às 13h30. A hora do almoço britânico, quando todos sem dúvida estarão no salão fazendo a refeição. A ilha é privada. Não é um lugar onde pessoas de fora vêm para piqueniques. Às vezes levam um lanche do hotel até a Enseada do Duende à tarde, quando o sol brilha por lá, ou se querem fazer um piquenique, vão para algum lugar bem longe, a muitos quilômetros de distância.

O chefe de polícia assentiu.

— Certo — disse. — Assim, Blatt correu para a praia e guardou a mercadoria naquela saliência na caverna. Outra pessoa estava designada a pegá-la lá no devido momento.

— Houve um casal, lembra-se, que veio à ilha almoçar no dia do assassinato? — disse Poirot, baixo. — Essa seria uma maneira de buscar a mercadoria. Veranistas de um hotel em Moor ou em St. Loo vêm visitar a Ilha do Tratante. Dizem que vieram para o almoço. Primeiro, fazem uma caminhada pelo local. Seria fácil descer até a praia, pegar a caixa de sanduíche, guardá-la, sem dúvida, na bolsa que a madame carrega... e voltar para o almoço no hotel, um pouco atrasados, talvez, digamos, às 13h50, tendo aproveitado o passeio enquanto todos os outros estavam no salão.

— Sim, tudo parece bastante possível — disse Weston. — Agora, essas redes de tráfico são implacáveis. Se alguém se intrometesse e descobrisse o negócio, não teriam quaisquer escrúpulos em silenciar ninguém. Parece-me que essa é a explicação para a morte de Arlena Marshall. É possível que naquela manhã Blatt estivesse na enseada guardando a mercadoria que seus cúmplices viriam buscar mais tarde naquele mesmo dia. Arlena chega em seu barquinho e o vê entrando na caverna com a maleta. Pergunta sobre o assunto e ele a mata ali mesmo, partindo no próprio barco o mais rápido possível.

— Acha mesmo que Blatt é o assassino? — perguntou Poirot.

— Parece-me a solução mais provável. Claro que é possível que Arlena tenha descoberto a verdade antes, questionado Blatt sobre o assunto, e algum outro membro da gangue tenha marcado um encontro falso com ela e a assassinado. Como eu disse, acho que o melhor caminho é entregar o caso à Scotland Yard. Eles terão uma chance muito melhor do que nós de provar a conexão de Blatt com a gangue.

Hercule Poirot assentiu, pensativo.

— Também acha que é a coisa mais sensata a fazer, Poirot? — perguntou Weston.

O detetive permaneceu reflexivo.

— Talvez seja — respondeu, enfim.

— Que diabos, Poirot, você tem alguma coisa na manga ou não?

— Se tenho, não sei com certeza se posso provar — replicou Poirot, com toda a seriedade.

— Claro, eu sei que você e Colgate têm outras ideias. Parece-me um pouco fantástico, mas sou obrigado a admitir que é capaz de haver algo aí. Mas mesmo se você estiver certo, ainda acho que é um caso para a Yard. Nós lhes daremos os fatos e eles podem trabalhar com a polícia de Surrey. O que sinto é que não é realmente um caso para nós. Não é suficientemente localizado. — Ele fez uma pausa. — O que acha, Poirot? O que acha que deveria ser feito sobre o assunto?

Poirot, que parecia perdido em pensamentos, por fim respondeu:

— Eu sei o que eu gostaria de fazer.

— Sim, meu amigo?

— Eu gostaria de fazer um piquenique.

Coronel Weston o encarou.

Capítulo 12

— Um piquenique, Monsieur Poirot?

Emily Brewster o encarou como ele se estivesse fora de si.

— Soa-lhe muito ultrajante, não é mesmo? — disse Poirot, em um tom divertido. — Mas, de fato, parece-me uma ideia muito admirável. Precisamos de algo comum, usual, para restaurar a normalidade da vida. Estou muito ansioso para passear em Dartmoor, o clima está bom. Isso vai... Como direi? Vai animar todo mundo! Então me ajude nessa questão. Convença os outros.

A ideia foi um sucesso inesperado. De início, todos se mostraram descrentes, mas depois admitiram relutantemente que talvez não fosse uma ideia tão ruim, afinal.

Não foi sugerido que o Capitão Marshall se juntasse ao grupo. Ele próprio havia anunciado que precisava ir a Plymouth naquele dia. Mr. Blatt estava no grupo, é claro, e muito animado. Estava determinado a ser a alma da festa. Além dele, participaram Emily Brewster, os Redfern, Stephen Lane, os Gardener — que foram persuadidos a adiar sua partida por um dia —, Rosamund Darnley e Linda.

Poirot tinha usado de sua eloquência com Rosamund e insistira que seria uma vantagem para a jovem fazer algo que tirasse sua mente das coisas. Com isso, Rosamund concordou.

— Você está certo. O choque foi terrível para uma mocinha da idade dela. Está muito nervosa.

— Isso é natural, mademoiselle. Mas nessa idade a pessoa logo esquece. Convença-a a vir. A senhorita é capaz, tenho certeza.

O Major Barry recusou terminantemente e disse que não gostava de piqueniques.

— Muitas cestas para carregar — disse ele. — E tão desconfortável. Comer no chão não é para mim.

O grupo se reuniu às dez horas. Três carros foram chamados. Mr. Blatt falava alto e alegremente, feito um guia turístico.

— Por aqui, senhoras e senhores... por aqui para Dartmoor. Urze e mirtilos, creme de leite de Devonshire e prisioneiros. Tragam suas esposas, senhores, ou tragam a outra! Todos são bem-vindos! Belas paisagens garantidas. Subam, subam.

No último minuto, Rosamund Darnley desceu, parecendo preocupada, e disse:

— Linda não vem. Diz que está com uma dor de cabeça das ruins.

— Mas lhe fará bem! Convença-a, mademoiselle — exclamou Poirot.

— Não adianta — disse Rosamund, com firmeza. — Ela está absolutamente decidida. Dei-lhe uma aspirina e ela foi se deitar. — Ela hesitou e completou: — Acho que talvez seja melhor eu não ir também.

— Não posso permitir isso, cara dama, não posso permitir isso — gritou Mr. Blatt, agarrando-a pelo braço de brincadeira. — *La haute Mode* deve abrilhantar a ocasião. Sem recusas! Eu a tenho sob custódia, rá, rá. Condenada a Dartmoor.

Ele a levou com firmeza até o primeiro carro. Rosamund lançou um olhar sombrio para Hercule Poirot.

— Vou ficar com Linda — disse Christine Redfern. — Não me importo.

— Ah, vamos lá, Christine — pediu Patrick.

E Poirot insistiu:

— Não, não, você deve vir, madame. Com dor de cabeça é melhor ficar sozinho. Venha, vamos partir.

Os três carros se foram. Foram primeiro à verdadeira Caverna do Duende, em Sheepstor, e se divertiram muito procurando a entrada até finalmente a encontrarem, auxiliados por um cartão-postal.

Era arriscado escalar as grandes pedras e Hercule Poirot nem tentou. Ele observou divertidamente enquanto Christine Redfern saltava com leveza de pedra em pedra, e notou que o marido nunca se afastava dela. Rosamund Darnley e Emily Brewster se juntaram à busca, embora esta tenha escorregado uma vez e torcido de leve o tornozelo. Stephen Lane era infatigável, a figura alta e magra dando voltas e se contorcendo entre as pedras. Mr. Blatt se contentou em ficar afastado e gritar palavras de encorajamento, tirando fotos dos outros.

Os Gardener e Poirot permaneceram sentados calmamente à beira enquanto a voz de Mrs. Gardener se elevava em um agradável monólogo, pontuado aqui e ali pelos obedientes "Sim, querida" de seu esposo.

— ... e o que eu sempre senti, Monsieur Poirot, e Mr. Gardener concorda comigo, é que fotografias instantâneas podem ser muito irritantes. A menos que, é claro, sejam tiradas entre amigos. Aquele Mr. Blatt não tem sensibilidade alguma. Ele simplesmente se aproxima de você, fala sem parar e tira fotos suas e, como eu disse a Mr. Gardener, isso é mesmo uma grande falta de educação. Foi o que eu disse, Odell, não foi?

— Sim, querida.

— Aquela foto que ele tirou de todos nós sentados na praia. Bem, não tem problema algum, é claro, mas ele devia ter pedido primeiro. No fim, Miss Brewster estava saindo do mar, e isso certamente a deixou em uma posição muito peculiar.

— Eu diria que sim — disse Mr. Gardener, com um sorriso.

— E lá foi Mr. Blatt distribuindo cópias para todo mundo sem nem perguntar antes. Ele deu uma a você também, Monsieur Poirot, eu notei.

Poirot assentiu.

— Eu valorizo muito essa fotografia — comentou.

— E veja só o comportamento dele hoje... tão alto, barulhento e ordinário. Ora, isso me dá ânsias. O senhor deveria ter deixado aquele homem no hotel, Monsieur Poirot.

— Infelizmente, madame, isso teria sido difícil — murmurou Hercule Poirot.

— Eu imagino que sim. Aquele homem simplesmente se força em qualquer lugar. Não é nada observador.

Naquele momento, a descoberta da Caverna do Duende foi indicada com gritos vindos de baixo.

O grupo seguiu em frente então, sob as instruções de Hercule Poirot, a um ponto onde uma curta caminhada descendo uma encosta coberta de urzes levava até um cantinho encantador perto de um riacho.

Uma ponte estreita de madeira cruzava o riacho e, atravessando-a, Poirot e Mr. Gardener levaram Mrs. Gardener até um local encantador entre as urzes, livre dos tojos espinhosos, um ponto ideal para um piquenique.

Disparando a falar sobre suas sensações ao atravessar a ponte de madeira, a mulher sentou-se. De repente, houve um leve clamor.

Os outros tinham atravessado a ponte depressa, mas Emily Brewster paralisou no meio da passagem, balançando para a frente e para trás com os olhos fechados.

Poirot e Patrick Redfern correram para o resgate.

Emily Brewster estava tensa e envergonhada.

— Obrigada, obrigada. Perdoem-me. Nunca me dei muito bem atravessando água corrente. Fico tonta. Que bobagem.

O almoço foi servido e o piquenique começou.

Todas os presentes ficaram secretamente surpresos ao descobrir o quanto desfrutaram daquele interlúdio. Talvez fosse por terem uma fuga da atmosfera de suspeita e pavor. Ali, com o gorgolejar da água, o aroma suave de turfa no ar e a luz cálida filtrada pelas samambaias e urzes, o mundo de assassinatos, investigações policiais e suspeitas parecia distante, como se nunca tivesse existido. Até Mr. Blatt se esqueceu de ser a alma da festa. Depois do almoço, foi tirar um cochilo um pouco mais distante, e roncos abafados comprovaram seu feliz descanso.

Foi um grupo bastante grato que recolheu as cestas de piquenique e parabenizou Hercule Poirot pela boa ideia.

O sol estava se pondo enquanto eles retornavam pelas vielas estreitas e sinuosas. Do topo da colina acima da Baía de Leathercombe, eles tiveram um breve vislumbre da ilha com o hotel de paredes brancas.

Parecia pacífico e inocente ao pôr do sol.

Mrs. Gardener, pela primeira vez perdendo a loquacidade, suspirou e disse:

— Eu agradeço do fundo do coração, Monsieur Poirot. Eu me sinto tão calma. É simplesmente maravilhoso.

II

O Major Barry saiu para cumprimentá-los na chegada.

— Olá — disse ele. — Tiveram um bom dia?

Mrs. Gardener respondeu:

— Sem dúvida alguma! As charnecas eram de uma beleza só. Tão inglesas, tão do velho mundo. E o ar estava delicioso e revigorante. O senhor deveria ter vergonha de si mesmo por ser preguiçoso e ter ficado para trás.

O major riu.

— Estou velho demais para esse tipo de coisa... ficar sentado no chão úmido comendo sanduíches.

Uma camareira vinha saindo do hotel, um pouco sem fôlego. Ela hesitou por um momento e então se aproximou às pressas de Christine Redfern.

Hercule Poirot a reconheceu como Gladys Narracott. A voz dela saiu rápida e irregular:

— Com licença, senhora, mas estou preocupada com a mocinha. Com Miss Marshall. Levei um chá para ela agora mesmo e não consegui despertá-la. Ela parece tão... tão esquisita, de alguma forma.

Christine olhou ao redor, desamparada. Poirot chegou ao seu lado em um momento. Com a mão sob o cotovelo de Mrs. Redfern, disse calmamente para que a visitassem.

Eles subiram a escada correndo e seguiram até o quarto de Linda.

Um olhar foi o suficiente para que ambos soubessem que havia algo de muito errado. A pele de Linda tinha uma cor estranha e sua respiração era quase imperceptível.

Poirot levou a mão até o pulso dela. Ao mesmo tempo, notou um envelope preso sob o abajur da mesa de cabeceira. Estava endereçado a ele.

O Capitão Marshall entrou rapidamente no quarto e perguntou:

— Que história é essa sobre Linda? O que há de errado com ela?

Christine Redfern soltou um pequeno soluço assustado.

Hercule Poirot se virou e ordenou ao Capitão Marshall:

— Chame um médico... o mais rápido que puder. Mas eu estou com medo... muito medo... de que possa ser tarde demais.

Ele pegou a carta com seu nome e abriu o envelope. Dentro havia algumas linhas escritas na letra juvenil de Linda.

Acho que essa é a melhor saída. Peça ao meu pai que tente me perdoar. Eu matei Arlena. Achei que estaria feliz... mas não estou. Sinto muito por tudo.

III

Estavam reunidos no salão — Marshall, os Redfern, Rosamund Darnley e Hercule Poirot.

Eles ficaram ali em silêncio, esperando...

A porta se abriu e o Dr. Neasdon entrou.

— Fiz tudo que pude — disse secamente. — Ela pode se recuperar... mas devo dizer que não há muita esperança.

Ele fez uma pausa. O Capitão Marshall, com o rosto rígido, os olhos de um azul frio e gelado.

— Como ela conseguiu essas coisas? — perguntou.

Neasdon abriu a porta outra vez e acenou.

A camareira entrou no salão, chorando.

— Apenas nos conte novamente o que você viu — pediu Neasdon.

— Nunca pensei... — começou, fungando. — Nunca pensei, nem por um instante, que houvesse algo errado... embora ela parecesse um tanto estranha quanto a isso. — Um leve gesto de impaciência do médico a fez recomeçar. — Ela estava no quarto da outra senhora. De Mrs. Redfern. O seu quarto, senhora. No lavatório. Ela pegou um potinho. Deu um pulo quando entrei, e achei estranho ela estar pegando coisas do seu quarto, mas, claro, podia ser algo que ela tivesse lhe emprestado. Disse apenas: "Ah, é isso que estou procurando..." e saiu.

— Meus comprimidos para dormir — falou Christine, quase num sussurro.

— Como ela sabia da existência deles? — questionou o médico, direto.

— Dei um a ela — disse Christine. — Na noite depois do ocorrido. Ela me disse que não conseguia dormir. Ela... Lembro-me dela perguntando... "Um será o suficiente?"... e eu disse, "Ah sim, eles são muito fortes". E falei que tinha sido avisada a nunca tomar mais do que dois, no máximo.

Neasdon assentiu.

— Ela fez questão de ter certeza — disse. — Tomou seis.

Christine soluçou novamente.

— Ah, meu Deus, sinto que é minha culpa. Eu deveria ter mantido meus remédios trancados.

O médico deu de ombros.

— Isso poderia ter sido mais sensato, Mrs. Redfern.

— Ela está morrendo... e a culpa é minha... — disse a mulher, desesperada.

Kenneth Marshall se remexeu na cadeira.

— Não, você não pode se culpar. — Tentou apaziguá-la. — Linda sabia o que estava fazendo. Ela pegou os remédios deliberadamente. Talvez... talvez tenha sido melhor.

Ele olhou para o bilhete amassado que segurava, o bilhete que Poirot silenciosamente lhe entregou.

— Não acredito — exclamou Rosamund Darnley. — Não acredito que Linda a matou. Certamente é impossível... com base nas evidências!

— Sim, ela não *pode* ter feito isso! — concordou Christine. — Deve ter ficado muito nervosa e imaginado tudo.

A porta se abriu e o Coronel Weston entrou.

— O que é tudo isso que estou ouvindo?

O Dr. Neasdon pegou o bilhete de Marshall e o entregou ao chefe de polícia, que leu e exclamou, incrédulo:

— O quê? Mas isso é um absurdo... um absurdo absoluto! É impossível. — Ele repetiu com segurança. — Impossível! Não é, Poirot?

Hercule Poirot se moveu pela primeira vez, sua voz saiu lenta e triste.

— Não, não acho que seja impossível.

— Mas eu estava com ela, Monsieur Poirot — argumentou Mrs. Redfern. — Eu estava com ela até 11h45. Eu disse isso à polícia.

— Sua evidência deu a ela um álibi, sim. Mas em que sua evidência era baseada? Era baseada no *próprio relógio de pulso de Linda Marshall*. Você não sabe *por conhecimento próprio* que eram 11h45 quando a deixou... sabe somente que ela lhe disse isso. Você mesma disse que o tempo parecia ter passado muito rápido.

Ela o encarou, chocada.

— Agora, pense, madame, quando saiu da praia, você voltou para o hotel depressa ou devagar?

— Eu... Bem, devagar, acho.

— Lembra-se com clareza daquela caminhada de volta?

— Não muito, infelizmente. Eu... eu estava pensando.

— Sinto ter de perguntar isso, mas pode me dizer exatamente no que estava pensando durante aquela caminhada?

Christine corou.

— Eu suponho que... Se for necessário... Eu estava considerando... ir embora daqui. Simplesmente ir embora sem contar ao meu marido. Eu... eu estava muito infeliz naquele momento, veja bem.

— Ah, Christine! — exclamou Patrick Redfern. — Eu sei... Eu sei...

A voz controlada de Poirot interrompeu-o.

— Exatamente. Você estava preocupada em dar um passo importante. Estava, eu diria, surda e cega para o mundo. Provavelmente veio caminhando muito devagar e volta e meia parou por alguns momentos enquanto considerava.

Christine assentiu.

— Como o senhor é inteligente. Foi bem assim. Acordei de uma espécie de torpor do lado de fora do hotel e entrei correndo, pensando que chegaria muito atrasada, mas quando vi o relógio no saguão percebi que ainda tinha bastante tempo.

— Exatamente — repetiu Poirot.

Ele se virou para Marshall.

— Agora devo descrever ao senhor certas coisas que encontrei no quarto de sua filha depois do assassinato. Na lareira havia cera derretida, um pouco de cabelo queimado, picotes de papelão e papel, e um alfinete doméstico. O papel e o papelão podem não ser relevantes, mas as outras três coisas foram sugestivas, em particular quando encontrei escondido na estante um volume da biblioteca local sobre bruxaria e magia. Ele abriu com muita facilidade em uma determinada página, em que eram descritos vários métodos de causar morte de outrem moldando em cera uma figura que supostamente representava a vítima. A figura de cera deveria então ser aquecida aos poucos até derreter... ou, de outra forma, perfurada no coração com um alfinete. A morte da vítima ocorreria. Mais tarde, ouvi de Mrs. Redfern que Linda Marshall tinha saído cedo naquela manhã e tinha comprado um pacote de velas, e que parecera envergonhada quando sua compra foi descoberta. Não tenho dúvidas do que aconteceu depois. Linda fez uma figura tosca com a cera da vela, possivelmente adornando-a com um pedaço do cabelo ruivo de Arlena para dar força à magia... então espetou-a no coração com um alfinete e por fim derreteu a figura colocando fogo nas tiras de papelão.

"Foi tosco, infantil, supersticioso, mas revelava uma coisa: o desejo de matar. Havia alguma possibilidade de que houvesse mais do que um desejo? Linda Marshall poderia *realmente* ter matado sua madrasta?

"À primeira vista, parecia que Linda tinha um álibi perfeito... mas, na verdade, como acabei de apontar, a evidência do horário foi fornecida *pela própria Linda*. Ela poderia facilmente ter declarado que era um quarto de hora mais tarde do que realmente era.

"Era bem possível, uma vez que Mrs. Redfern tivesse se afastado da praia, que Linda a seguisse e então atravessasse o estreito istmo até a escada, descesse às pressas, encontrasse sua madrasta lá, a estrangulasse e retornasse escada acima antes que o barco com Miss Brewster e Patrick Redfern aparecesse. Ela poderia então retornar para a Enseada da Gaivota, nadar e retornar ao hotel quando quisesse.

"Mas isso implicaria duas coisas. Ela precisaria ter conhecimento definitivo de que Arlena Marshall estaria na Enseada do Duende e precisaria ser fisicamente capaz de estrangulá-la.

"Bem, a primeira era bem possível... se Linda Marshall tivesse escrito um bilhete para Arlena usando o nome de outra pessoa. Quanto à segunda, Linda tem mãos grandes e fortes. Tão grandes quanto as de um homem. Quanto à força, está na idade em que se é propenso a desequilíbrios mentais. A perturbação mental em geral é acompanhada por uma força incomum. Há também um outro pequeno ponto: a mãe de Linda Marshall ter sido acusada e julgada por assassinato."

Kenneth Marshall levantou a cabeça com ferocidade.

— Ela também foi absolvida!

— Ela foi absolvida — concordou Poirot.

— E eu lhe digo uma coisa, Monsieur Poirot — continuou o Capitão Marshall. — Ruth... minha esposa... era inocente. Disso eu sei com total e absoluta certeza. Na intimidade da nossa vida eu não poderia ter sido enganado. Ela era uma vítima inocente das circunstâncias. — Ele fez uma pausa. — E eu não acredito que Linda tenha matado Arlena. É ridículo... absurdo!

— O senhor acredita, então, que essa carta é uma falsificação? — perguntou Poirot.

Marshall estendeu a mão para pegá-la e Weston entregou-lhe. O homem estudou o papel atentamente. Então balançou a cabeça.

— Não — disse de má vontade. — Eu acredito que Linda escreveu isso.

— Então, se ela escreveu, há apenas duas explicações. Ou ela escreveu de boa-fé, sabendo que era a assassina ou... ou, eu digo... *ela escreveu para deliberadamente proteger outra pessoa*, alguém que ela temia estar sob suspeitas.

— Você quer dizer eu? — perguntou Kenneth Marshall.

— É possível, não é?

Marshall pensou por algum tempo.

— Não, acho essa ideia absurda — falou, calmamente. — Linda pode ter percebido que eu era visto com suspeito no começo. Mas definitivamente já sabia que isso tinha ficado para trás... que a polícia tinha aceitado meu álibi e voltado sua atenção para outras pessoas.

— E se supormos que ela não achasse que você era suspeito, mas sim que *soubesse* que era culpado?

Marshall olhou para ele e deu uma risada curta.

— Isso é absurdo.

— Eu me pergunto. Como o senhor sabe, há várias possibilidades na morte de Mrs. Marshall. Há a teoria de que ela estava sendo chantageada, que foi naquela manhã encontrar o chantagista e que ele a matou. Há a teoria de que a Enseada e a Caverna do Duende estavam sendo usadas como ponto de encontro para o tráfico de drogas, e que ela foi morta porque acidentalmente descobriu isso. Há uma terceira possibilidade... que ela foi morta por um maníaco religioso. E há a quarta possibilidade: o senhor ganharia muito dinheiro com a morte de sua esposa, Capitão Marshall?

— Acabei de dizer...

— Sim, sim. Eu concordo que é impossível que o senhor tenha matado sua esposa... *se estivesse agindo sozinho*. Mas supondo que tivesse ajuda?

— Que diabos você quer dizer?

O homem calmo finalmente explodiu. Kenneth Marshall se levantou um pouco da cadeira, a voz ameaçadora. Havia um brilho duro e raivoso em seus olhos.

— Quero dizer que este não é um crime que foi cometido por uma única pessoa — disse Poirot. — Foram dois os responsáveis. É bem verdade que o senhor não poderia ter datilografado aquela carta e ao mesmo tempo ido até a enseada, mas haveria tempo para que anotasse aquela carta em taquigrafia... e *outra pessoa* a tivesse datilografado em seu quarto enquanto você mesmo estava ausente em sua missão assassina.

Hercule Poirot olhou para Rosamund Darnley.

— Miss Darnley afirma que saiu do Rochedo do Sol às 11h10 e viu o senhor à máquina de escrever, em seu quarto. Mas, mais ou menos a essa hora, Mr. Gardener foi até o hotel buscar um novelo de lã para a esposa. Ele não encontrou Miss Darnley nem a viu. Isso é bastante interessante. Parece que Miss Darnley nunca saiu do Rochedo do Sol, ou então que saiu muito antes e estava em seu quarto datilografando diligentemente. Outro ponto: o senhor declarou que, quando Miss Darnley abriu a porta de seu quarto às 11h15, *você a viu no espelho*. No dia do assassinato, porém, a máquina de escrever e seus papéis estavam na escrivaninha no canto do quarto, enquanto o espelho estava entre as janelas. Então essa declaração foi uma mentira deliberada. Mais tarde, você moveu a máquina de escrever para a mesa sob o espelho para comprovar sua história... mas era tarde demais. Eu já sabia que você e Miss Darnley haviam mentido.

Rosamund Darnley falou, com a voz baixa e clara:

— Como você é diabolicamente engenhoso!

— Mas não tão diabólico nem tão engenhoso quanto o homem que matou Arlena Marshall! — disse Hercule Poirot, a voz alta. — Pense um pouco. Quem eu pensei, quem todos pensaram, que Arlena Marshall ia encontrar naquela manhã? Todos nós chegamos à mesma conclusão. *Patrick Redfern*. Não foi para encontrar um chantagista que ela foi à Enseada do Duende. Simplesmente pela expressão no rosto dela eu saberia se fosse o caso. Ah, não, era um amante que ela ia encontrar... ou era o que ela pensava. Sim, eu tinha certeza disso. Arlena Marshall ia se encontrar com Patrick Redfern. Mas um minuto depois Patrick Redfern apareceu na praia, obviamente procurando por ela. E então?

— Algum demônio usou meu nome — falou Mr. Redfern, a raiva contida.

— Você ficou muito obviamente aflito e surpreso com a ausência dela. Quase obviamente demais, talvez. *Minha* teoria, Mr. Redfern, é que ela foi até a Enseada do Duende para encontrar *você*, e *realmente* o encontrou, e que *você a matou lá, como havia planejado*.

— Mas que palerma! Eu estava na praia com você até pegar o barco com Miss Brewster e encontrar Arlena morta — disse Patrick Redfern, com seu sotaque bem irlandês, alto e bem-humorado, olhando fixamente para Poirot.

O detetive insistiu.

— Você a matou depois que Miss Brewster saiu com o barco para buscar a polícia. Arlena Marshall não estava morta quando você chegou à praia... estava escondida na caverna, esperando até a barra estar limpa.

— Mas o corpo! Miss Brewster e eu vimos o corpo.

— Um corpo... sim. Mas não um corpo *morto*. O corpo *vivo* da mulher que te ajudou, os braços e pernas escurecidos pelo óleo de bronzear, o rosto escondido por um chapéu verde. Christine, sua esposa (ou talvez não sua esposa... mas ainda assim sua parceira), ajudando-o a cometer este crime, como ajudou-o a cometer o crime no passado, quando "descobriu" o corpo de Alice Corrigan pelo menos vinte minutos antes de ela morrer... assassinada pelo marido, Edward Corrigan... você!

A voz de Christine foi cortante e fria ao dizer:

— Cuidado, Patrick, não perca a cabeça.

— O senhor terá interesse em saber que ambos o senhor e sua esposa, Christine, foram facilmente reconhecidos e identificados pela polícia de Surrey na foto de um grupo de pessoas daqui. Eles identificaram vocês dois de pronto como Edward Corrigan e Christine Deverill, a jovem que encontrou o corpo.

Patrick Redfern havia se levantado. Seu belo rosto estava transformado, sanguíneo, cego de raiva. Era o rosto de um assassino... de um tigre.

— Seu vermezinho maldito e intrometido! — gritou.

E se lançou para a frente, os dedos estendidos e tensos, a voz soltando maldições enquanto apertava a garganta de Hercule Poirot...

Capítulo 13

Pensativo, Poirot começou a falar.

— Foi numa manhã em que estávamos sentados aqui que falamos de corpos bronzeados dispostos como carne num açougue, e foi então que refleti sobre a pouca diferença que há entre um corpo e outro. Olhando de perto, com atenção, sim... mas para um olhar casual? Uma jovem de boa figura é muito parecida com outra. Pernas morenas, braços bronzeados, um pequeno pedaço de tecido no meio... apenas um corpo deitado ao sol. Quando uma mulher anda, fala, ri, vira a cabeça, move a mão, aí sim, então, há personalidade, individualidade. Mas no ritual do sol... não.

"Foi naquele dia que falamos do mal, *o mal sob o sol*, como disse Mr. Lane — uma pessoa muito sensível... O mal o afeta, ele percebe sua presença. Mas, embora seja perceptivo, ele não sabia exatamente onde o mal estava. Para ele, estava centralizado na pessoa de Arlena Marshall, e praticamente todos os presentes concordaram com ele.

"Mas, para mim, embora o mal estivesse presente, ele não estava em Arlena Marshall. Conectado a ela, sim... mas de uma forma totalmente diferente. Eu a vi, do início ao fim, como uma *vítima*, eterna e predestinada. Porque era bonita, porque tinha glamour, porque os homens se viravam para observá-la, presumia-se que era o tipo de mulher que destruía vidas e almas. Mas eu a via de outra maneira. Não era ela que exercia uma atração fatal sobre os homens… eram os homens que exerciam uma atração fatal sobre ela. Era o tipo de mulher com quem os homens se fascinam facilmente e de quem se cansam com igual facilidade. E tudo que me disseram ou que descobriram sobre ela só fez fortalecer minha convicção.

"A primeira coisa que foi mencionada a seu respeito foi que o homem em cujo divórcio citou-se seu nome recusou-se a tomá-la em casamento. Foi então que o Capitão Marshall, um daqueles homens incuravelmente cavalheirescos, interviu e a pediu em casamento. Para um homem tímido e reservado como o capitão, uma provação pública de qualquer tipo seria a pior tortura… daí seu amor e pena por sua primeira esposa, que foi acusada e julgada por um assassinato que não cometeu. Ele se casou com ela e se viu perfeitamente justificado em sua avaliação do caráter da esposa. Após sua morte, outra mulher bonita, talvez algo semelhante (já que Linda tem cabelos ruivos, que é provável ter herdado da mãe), é exposta à ignomínia pública. Mais uma vez Marshall vai ao resgate. Desta vez, porém, ele encontra pouco para sustentar sua paixão. Arlena é tola, indigna de sua pena e proteção, irracional. Ainda assim, acredito que ele sempre teve uma visão bastante verdadeira dela. Muito depois de deixar de amá-la e sentir-se irritado com sua presença, Marshall seguiu com pena dela. Ela era, para o marido, como uma criança que não consegue ir além de certa página no livro da vida.

"Vi em Arlena Marshall, com sua paixão por homens, uma presa predestinada a certo tipo de homem inescrupuloso. Em Patrick Redfern, com sua boa aparência, sua segurança tranquila, seu charme inegável com as mulheres, reconheci de imediato esse tipo. O aventureiro que ganha a vida, de uma forma ou de outra, com as mulheres. Olhando de onde estava na praia, tive a certeza de que Arlena era a vítima de Patrick, e não o contrário. E associei esse foco do mal a Patrick Redfern, não a Arlena Marshall.

"Arlena tinha recém herdado uma quantia grande de dinheiro, deixada por um admirador idoso que não teve tempo de se cansar dela. Era o tipo de mulher que invariavelmente é roubada por um homem ou outro. Miss Brewster mencionou um jovem que tinha sido 'arruinado' por Arlena, mas a carta que foi encontrada em seu quarto, embora expressasse um desejo (completamente gratuito) de cobri-la com joias, na verdade reconhecia o *fato* de que *ela* lhe enviara um cheque, por meio do qual ele esperava escapar do tribunal. Um caso claro de um jovem perdulário que a explorava. Não tenho dúvidas de que Patrick Redfern achou fácil induzir Arlena Marshall a lhe dar grandes somas de vez em quando 'para investimentos'. Provavelmente a deslumbrou com histórias de grandes oportunidades, de como faria fortuna para ambos. Mulheres desprotegidas, vivendo sozinhas, são presas fáceis para esse tipo de homem, que em geral escapa impune com o saque. Se, no entanto, houver um marido, ou irmão, ou pai por perto, as coisas tendem a tomar um rumo desagradável para o vigarista. Uma vez que o Capitão Marshall descobrisse o que havia acontecido com a fortuna da esposa, Patrick Redfern poderia esperar poucas e boas.

"Isso não preocupava Patrick, no entanto, porque ele pensava com toda a calma em como acabaria com ela quando julgasse necessário, encorajado por já ter escapado de um assassinato: o de uma jovem com quem ele havia se casado sob o nome de Corrigan, e a quem havia persuadido a segurar a própria vida por uma grande quantia.

"Em seus planos, ele foi auxiliado e instigado pela mulher que aqui se passava por sua esposa e a quem ele era genuinamente apegado. Uma jovem tão diferente do tipo de suas vítimas quanto se poderia imaginar: fria, calma, desapaixonada, mas muito leal e uma atriz de habilidade nada desprezível.

Desde o momento de sua chegada aqui, Christine Redfern desempenhou um papel, o papel da 'esposa pobrezinha'... frágil, desamparada, intelectual em vez de atlética. Pense nos pontos que ela enfatizou um após o outro. Sua tendência a se queimar no sol e a consequente palidez da pele, sua tontura ao enfrentar alturas, histórias de ficar presa na Catedral de Milão, etc. Uma ênfase em sua fragilidade e delicadeza... Quase todos falavam dela como uma 'mulherzinha'. Ela era na verdade tão alta quanto Arlena Marshall, mas com mãos e pés bem diminutos. Falava de si mesma como sendo ex-professora, e assim enfatizava uma impressão de letramento e falta de destreza atlética. É bem verdade que ela já trabalhara em uma escola, mas o cargo que ocupava lá era o de professora de *educação física*, e era uma jovem extremamente ativa, que conseguia escalar como um gato e correr como uma atleta.

"O crime em si foi perfeitamente planejado e cronometrado. Foi, como mencionei antes, um crime muito astuto. O *timing* foi genial.

"Primeiro de tudo, houve certas cenas preliminares, uma delas encenada no penhasco, quando ela percebeu que eu estava ocupando o lugar ao lado, um diálogo bem convencional entre esposa ciumenta e seu marido. Mais tarde, ela desempenhou o mesmo papel em uma cena comigo. Na época, lembro-me de uma vaga sensação de ter lido aquilo em um livro. Não parecia *real*. Porque, claro, *não era*. Então chegou o dia do crime. Era um belo dia, o que era essencial. O primeiro ato de Redfern foi sair bem cedo, pela porta da sacada que destrancou por dentro (se fosse encontrada aberta, pensaria-se somente que ele tinha ido dar um mergulho logo cedo). Sob o roupão de banho, escondeu um chapéu verde, uma duplicata daquele que Arlena costumava usar. Cruzou a ilha silenciosamente, desceu a escada e guardou o acessório em um lugar designado atrás das pedras. Parte I.

"Na noite anterior, ele havia combinado um encontro com Arlena. Decidiram tomar bastante cuidado com o encontro, pois Arlena estava um pouco temerosa do marido. Ela concordou em ir para a Enseada do Duende cedo. Ninguém ia lá de manhã. Redfern se juntaria a ela lá, arriscando uma escapada discreta. Se ela ouvisse alguém descendo a escada ou visse algum barco, deveria esconder-se na Caverna do Duende, sobre cuja entrada secreta Patrick havia lhe contado, e esperar lá até que a costa estivesse limpa. Parte II.

"Enquanto isso, Christine foi ao quarto de Linda em um momento em que julgou que a menina teria ido dar seu mergulho matinal. Alteraria então o relógio de Linda, marcando vinte minutos à frente. Havia, é claro, o risco de Linda perceber que seu relógio estava errado, mas não importava muito se percebesse. O verdadeiro álibi de Christine era o tamanho de suas mãos, o que tornava fisicamente impossível que tivesse cometido o crime. No entanto, um álibi adicional seria desejável. Então, no quarto de Linda, ela notou o livro sobre bruxaria e magia, aberto em uma determinada página. Ao lê-lo, e quando Linda entrou e deixou cair um pacote de velas, Christine percebeu o que estava na mente da moça. Isso lhe abria algumas novas possibilidades. A ideia original do casal culpado era lançar uma certa suspeita sobre Kenneth Marshall: daí o cachimbo roubado, um fragmento do qual seria plantado na praia, sob a escada.

"Após o retorno de Linda, Christine organizou com facilidade um passeio juntas para a Enseada da Gaivota. Retornou então para o próprio quarto, tirou de uma mala trancada um frasco de autobronzeador, aplicou o produto cuidadosamente e jogou pela janela o frasco vazio, que por pouco não atingiu Emily Brewster, que estava nadando. Parte III realizada com sucesso.

"Christine então vestiu um maiô branco e, por cima, colocou um conjunto de calça e camisa de mangas longas e largas que escondiam seus braços e pernas recém-bronzeados.

"Às 10h15, Arlena partiu para seu encontro e, um ou dois minutos depois, Patrick Redfern desceu e demonstrou surpresa, aborrecimento, etc. A tarefa de Christine era bastante fácil. Mantendo o próprio relógio escondido, às 11h25 perguntou a Linda que horas eram. Ela olhou para o relógio e respondeu que eram 11h45. Ela então começa a descer para o mar e Christine arruma seu material de desenho. Assim que Linda vira as costas, Christine pega o relógio da garota, que certamente havia sido retirado antes de ela entrar no mar, e o altera de volta para a hora correta. Então Christine dispara pela trilha, atravessa o estreito istmo até o topo da escada, tira a calça e a camisa, enfiando as peças junto com sua caixa de desenho atrás de uma pedra, e desce depressa a escada com toda a sua habilidade atlética.

"Arlena está na praia lá embaixo, se perguntando por que Patrick está demorando tanto para chegar. Ela vê ou ouve alguém na escada, dá uma olhadela cautelosa e, para seu aborrecimento, vê a pessoa inconveniente... a esposa dele! Arlena dispara pela praia e entra na Caverna do Duende.

"Christine tira o chapéu do esconderijo, um cacho vermelho falso preso sob a aba, e se larga na areia com o chapéu protegendo o rosto e o pescoço. O momento é perfeito. Um ou dois minutos depois, o barco com Patrick e Emily Brewster chega à praia. Lembrem-se de que é *Patrick* quem se abaixa e examina o corpo, *Patrick* que está atordoado, chocado, destruído pela morte de sua amante! Sua testemunha foi cuidadosamente escolhida. Miss Brewster não tem cabeça para alturas, não tentará subir a escada. Deixará a enseada de barco, Patrick naturalmente sendo o único a ficar com o corpo... 'caso o assassino ainda esteja por perto'. Miss Brewster vai remando buscar a polícia. Christine, assim que o barco some de vista, reaparece, corta o chapéu em pedaços com a tesoura que Patrick trouxe cuidadosamente escondida, enfia-os no maiô e sobe a escada em tempo recorde, veste sua saída de praia e corre de volta para o hotel. Só tem tempo de tomar um banho rápido, lavar o autobronzeador do corpo e colocar seu vestido de tênis. Ela faz ainda mais uma coisa: queima os pedaços do chapéu de papelão verde e a mecha de cabelo na varanda de Linda, adicionando uma folha de um calendário para que possa ser associado ao papelão. Não um *chapéu*, e sim um *calendário* foi queimado. Como suspeitava, Linda estava fazendo experiências com magia... a cera derretida e o alfinete mostram isso.

"Então, ela desce para a quadra de tênis, chegando por último, mas sem mostrar sinais de agitação ou pressa.

"E, enquanto isso, Patrick vai para a caverna. Arlena não viu nada e ouviu muito pouco... um barco, vozes... prudentemente permaneceu escondida. Mas agora é Patrick chamando. 'Tudo limpo, querida.' Ela sai, e as mãos dele apertam seu pescoço... e esse é o fim da pobre, bela e tola Arlena Marshall..."

Sua voz morreu.

Por um momento houve silêncio, então Rosamund Darnley, com um pequeno arrepio, comentou:

— Sim, você faz a gente ver tudo. Mas essa é a história do outro lado. O senhor não nos contou *como* chegou à verdade.

— Certa vez lhe disse que tenho uma mente muito simples. Sempre, desde o começo, me pareceu que a *pessoa mais provável* tinha sido a responsável pela morte de Arlena Marshall. E a pessoa mais provável era Patrick Redfern. Ele era, *par excellence*, o tipo de homem que explora mulheres como ela, e o tipo de assassino, o tipo de homem que pega as economias de uma mulher e em troca corta sua garganta. Quem Arlena iria encontrar naquela manhã? Pela evidência no rosto dela, no sorriso, na maneira de agir, nas suas palavras a mim...

Patrick Redfern. E, portanto, pela própria natureza das coisas, deveria ser Patrick quem a matou.

"Mas imediatamente me deparei, como eu disse, com a impossibilidade. Patrick Redfern não poderia tê-la matado, já que estava na praia e na companhia de Miss Brewster até a real descoberta do corpo. Então procurei outras soluções... e havia várias. Ela poderia ter sido morta pelo marido, com a conivência de Miss Darnley. (Eles também mentiram sobre um ponto que parecia suspeito.) Poderia ter sido morta por acidentalmente tropeçar em um esquema de contrabando de drogas. Poderia ter sido morta, como eu disse, por um maníaco religioso, e poderia ter sido morta por sua enteada. Esta última me pareceu, em certo momento, a solução real. Os trejeitos de Linda em sua primeira entrevista com a polícia foram significativos. Uma conversa que tive com ela mais tarde me garantiu um ponto: Linda se considerava culpada."

— Você quer dizer que ela acreditou que realmente tinha matado Arlena?

Rosamund estava incrédula. Hercule Poirot assentiu.

— Sim. Lembre-se: ela é realmente pouco mais que uma criança. Leu aquele livro sobre bruxaria e meio que acreditou. Odiava Arlena. Deliberadamente fez a boneca de cera, lançou seu feitiço, perfurou-a no coração, derreteu-a... *e naquele mesmo dia Arlena morre*. Pessoas mais velhas e mais sábias do que Linda mantém uma crença fervorosa em magia. Naturalmente, ela acreditava que era tudo verdade, que ao usar magia ela havia mesmo matado sua madrasta.

Rosamund exclamou:

— Ah, pobre criança, pobre criança! E eu pensei... imaginei... algo bem diferente... que ela sabia de algo que iria...

Rosamund parou. Poirot disse:

— Eu sei o que pensou. Na verdade, sua atitude assustou Linda ainda mais. Ela acreditava que as próprias ações realmente haviam causado a morte de Arlena, e que a senhorita sabia disso. Christine Redfern também colocou-lhe caraminholas na cabeça, trazendo a ideia dos comprimidos para dormir e mostrando o caminho para uma expiação rápida e indolor de seu crime. Veja: uma vez que o Capitão Marshall provou ter um álibi, era vital que um novo suspeito fosse encontrado. Nem ela nem o marido sabiam sobre o tráfico de drogas. Então escolheram Linda para ser o bode expiatório.

— Que diabo!

Poirot assentiu.

— Sim, você está certa. Uma mulher fria e cruel. Eu, por outro lado, estava em grandes dificuldades. Linda era culpada apenas da tentativa infantil de bruxaria, ou seu ódio a levara ainda mais longe, para o ato real? Tentei fazê-la confessar, mas não adiantou. Naquele momento, eu estava em grave incerteza. O chefe de polícia mostrava-se inclinado a aceitar a explicação do contrabando de drogas. Eu não podia deixar por isso mesmo. Revisei os fatos mais uma vez, com muito cuidado. Eu tinha, veja bem, uma coleção de peças de quebra-cabeça, acontecimentos isolados, fatos simples. O todo deve se encaixar em um padrão completo e harmonioso. Havia a tesoura encontrada na praia, um frasco jogado de uma janela, um banho que ninguém admitia ter tomado… todas as ocorrências perfeitamente inofensivas em si mesmas, mas tornadas significativas pelo fato de que ninguém as admitia. Portanto, *deviam* ser significativas. Nada nelas se encaixava nas teorias de que o Capitão Marshall ou Linda, ou uma gangue de traficantes, eram responsáveis pelo crime. E, ainda assim, *precisavam* ter significado. Voltei-me novamente para minha primeira solução… que Patrick Redfern havia cometido o assassinato. Havia algo que corroborasse isso? Sim, o fato de que uma grande quantia de dinheiro havia sido retirada da conta de Arlena. Quem recebera esse dinheiro? Patrick Redfern, é claro. Ela era o tipo de mulher facilmente enganada por um jovem bonito, mas não era o tipo de mulher que se deixasse ser chantageada. Era transparente demais, não conseguia guardar um segredo. A história do chantagista nunca me soou verdadeira. E ainda assim *houve* aquela conversa entreouvida... ah, mas entreouvida por quem? *A esposa de Patrick Redfern*. Era a história dela... sem suporte de nenhuma evidência externa. Por que fora inventada? A resposta me veio como um raio. Para explicar a ausência do dinheiro de Arlena!

"Patrick e Christine Redfern. Os dois estavam juntos nisso. Christine não tinha força física nem constituição mental para estrangulá-la. Não, foi Patrick quem fez isso... mas era impossível! Cada minuto de seu tempo fora contabilizado até que o corpo fosse encontrado.

"Corpo... a palavra mexeu com algo em minha mente... Corpos deitados na areia, *todos iguais*. Patrick Redfern e Emily Brewster tinham chegado à enseada e visto *um corpo* deitado ali. Um corpo... Suponha que não fosse o de Arlena, mas de outra pessoa? O rosto estava escondido pelo grande chapéu chinês.

"Mas havia apenas *um* corpo morto: o de Arlena. Então, poderia ser... um corpo *vivo*? Alguém se fingindo de morto? Poderia ser a própria Arlena, inspirada por Patrick a fazer algum tipo de brincadeira. Balancei a cabeça... não, muito arriscado. Um corpo vivo... De quem? Haveria alguma mulher disposta a ajudar Redfern? Claro: sua esposa. Mas ela era uma criatura delicada de tez pálida. Ah sim, mas existem bronzeadores que vêm em frascos... frascos... um frasco... Eu tinha uma das minhas peças de quebra-cabeça. Sim, e depois, é claro, um banho... para lavar aquela pintura reveladora antes de jogar tênis. E a tesoura? Ora, para cortar aquele chapéu de papelão duplicado, objeto difícil de manejar que deveria ser tirado do caminho. E na pressa a tesoura foi deixada para trás, a única coisa que a dupla de assassinos esqueceu.

"Mas onde estava Arlena o tempo todo? Isso novamente era perfeitamente claro. Ou Rosamund Darnley ou Arlena Marshall estavam na Caverna do Duende, o perfume que ambas usavam me informou. Certamente não era Rosamund Darnley. Então era Arlena, escondendo-se até poder sair.

"Quando Emily Brewster foi embora com o barco, Patrick tinha a praia só para si e plena oportunidade de cometer o crime. Arlena Marshall foi morta depois de 11h45, mas a evidência médica só se preocupava com o horário mais cedo possível em que o crime poderia ter sido cometido. Que Arlena estava morta às 11h45 foi o que foi dito ao médico, não o que ele disse à polícia.

"Mais dois pontos precisavam ser resolvidos. A evidência de Linda Marshall dava a Christine Redfern um álibi. Sim, mas essa evidência dependia do relógio de pulso de Linda Marshall. Tudo o que era necessário era provar que Christine tivera duas oportunidades de adulterar o relógio. Eu as encontrei com facilidade. Ela estivera sozinha no quarto de Linda naquela manhã. E havia também uma prova indireta. Linda foi ouvida dizendo que estava com medo de se atrasar, mas quando desceu eram apenas 10h25 no relógio do salão. A segunda oportunidade foi fácil: ela poderia atrasar o relógio novamente assim que Linda virasse as costas e descesse a praia para mergulhar.

"Então havia a questão da escada. Christine sempre declarou que tinha medo de alturas. Outra mentira cuidadosamente preparada.

"Eu já tinha meu mosaico então, cada peça lindamente encaixada em seu lugar. Mas, infelizmente, não tinha nenhuma prova definitiva. Estava tudo na minha mente.

"Foi então que me ocorreu uma ideia. Havia uma certeza, uma astúcia no crime. Eu não tinha dúvidas de que no futuro Patrick Redfern repetiria seu crime. E quanto ao passado? Era remotamente possível que esta não fosse sua primeira morte. O método empregado, estrangulamento, estava em harmonia com sua natureza: um assassino por prazer e também por lucro. Se ele já fosse um assassino, eu tinha certeza de que teria utilizado os mesmos meios. Pedi ao Inspetor Colgate uma lista de vítimas de estrangulamento. O resultado me encheu de alegria. A morte de Nellie Parsons, encontrada estrangulada em um bosque solitário, podia ou não ser obra de Patrick Redfern, podia apenas ter lhe sugerido a escolha da localidade... Mas na morte de Alice Corrigan eu encontrei exatamente o que estava procurando. Em essência, o mesmo método. Fazendo malabarismos com o tempo... um assassinato cometido não *antes* de supostamente ter acontecido, como de costume, mas *depois*. Um corpo supostamente descoberto às 16h15. Um marido com um álibi até 16h25.

"O que realmente aconteceu? Foi dito que Edward Corrigan chegou ao Café Pine Ridge, não encontrou sua esposa, *saiu e andou para cima e para baixo*. Na verdade, é claro, ele correu a toda velocidade para o ponto de encontro, Caesar's Grove (que você deve se lembrar que era bem próximo), matou-a e voltou para o café. A garota que relatou o crime era uma jovem respeitável, professora de educação física em uma escola para meninas bem conhecida. Aparentemente, não tinha nenhuma ligação com Edward Corrigan. Precisou andar um pouco para relatar a morte. O cirurgião da polícia só examinou o corpo às 17h45. Como neste caso, a hora da morte foi aceita sem questionamentos.

"Fiz um teste final. Precisava saber definitivamente se Mrs. Redfern era uma mentirosa. Organizei nossa pequena excursão a Dartmoor. Se alguém tem dificuldade com alturas, nunca se sentiria confortável cruzando uma ponte estreita sobre água corrente. Miss Brewster, que tem genuína dificuldade com isso, sentiu vertigem. Mas Christine Redfern, despreocupada, atravessou a passagem sem problemas. Foi um detalhe, mas um teste definitivo. Tendo contado uma mentira desnecessária, então todas as outras eram possíveis. Enquanto isso, Colgate conseguiu que a fotografia do grupo fosse identificada pela polícia de Surrey. Joguei as cartas que tinha na mão da única maneira que pensei que provavelmente daria certo. Tendo dado a Patrick Redfern um senso enganoso de segurança, virei-me contra ele e fiz tudo que pude para fazê-lo perder o autocontrole. O conhecimento de que ele havia sido identificado como Corrigan o fez perder a cabeça por completo."

Hercule Poirot acariciou a garganta, pensativo.

— O que eu fiz — completou grandiosamente — foi extremamente perigoso... mas não me arrependo. Eu tive sucesso! Não sofri em vão.

Houve um momento de silêncio. Então Mrs. Gardener deu um suspiro profundo.

— Minha nossa, Monsieur Poirot... Foi simplesmente maravilhoso ouvir exatamente como o senhor obteve seus resultados. É tão fascinante quanto uma palestra sobre criminologia... na verdade, *é* uma palestra sobre criminologia. E pensar que meu novelo de lã magenta e aquela conversa sobre banho de sol realmente tiveram algo a ver com a solução? Realmente me deixa animada demais para colocar em palavras, e tenho certeza de que Mr. Gardener sente o mesmo, não é, Odell?

— Sim, querida — disse Mr. Gardener.

— Mr. Gardener também me ajudou — disse Poirot. — Eu queria a opinião de um homem sensato sobre Mrs. Marshall, então perguntei a ele o que achava dela.

— É mesmo? — surpreendeu-se Mrs. Gardener. — E o que você disse, Odell?

Mr. Gardener tossiu.

— Bem, querida, eu nunca pensei muito nela, sabe.

— Esse é o tipo de coisa que os homens sempre dizem às suas esposas — comentou Mrs. Gardener. — E se você me perguntar, até mesmo Monsieur Poirot aqui é o que eu chamaria de um pouco indulgente sobre ela, chamando-a de vítima natural e tudo mais. Claro que é verdade que ela não era uma mulher culta, e como o Capitão Marshall não está aqui, não me importo em dizer que ela sempre me pareceu meio burra. Eu disse isso a Mr. Gardener, não disse, Odell?

— Sim, querida — disse Mr. Gardener.

II

Linda Marshall estava sentada com Hercule Poirot na Enseada da Gaivota.

— Claro que estou feliz por não ter morrido, afinal. Mas você sabe, Monsieur Poirot, que é como se eu a tivesse matado, não é? Eu queria.

Hercule Poirot retrucou energicamente:

— Não é a mesma coisa de forma alguma. O desejo de matar e a ação de matar são duas coisas diferentes. Se em seu quarto, em vez de uma pequena figura de cera, você tivesse sua madrasta amarrada e indefesa e uma adaga na mão em vez de um alfinete, você não a teria enfiado no coração dela! Algo dentro de você teria dito "não". É o mesmo comigo. Eu perco a cabeça com idiotas. Digo: "Queria dar-lhe um chute." Em vez disso, chuto a mesa. Digo: "Esta mesa é o idiota, veja só os chutes que lhe dou." Então, se não machuquei muito meu dedo do pé, sinto-me muito melhor e a mesa não costuma sofrer danos. Mas se o próprio idiota estivesse lá, eu não o chutaria. Fazer figuras de cera e enfiar alfinetes é bobagem, sim, é infantil, sim... mas também serve a um propósito útil. Você tirou o ódio de si mesma e o colocou naquela pequena figura. E com o alfinete e o fogo você destruiu, não sua madrasta, mas o ódio que carregava por ela. Depois, mesmo antes de ouvir sobre sua morte, você se sentiu purificada, não é mesmo? Sentiu-se mais leve, mais feliz?

Linda assentiu.

— Como você sabia? Foi exatamente assim que eu me senti.

— Então não repita para si mesma as imbecilidades. Apenas decida-se a não odiar sua próxima madrasta — disse Poirot.

Linda perguntou, assustada:

— Você acha que eu vou ter outra? — perguntou Linda, assustada. — Ah, entendo, está falando de Rosamund. Não desgosto dela. — Ela hesitou um minuto. — Ela é *normal*.

Não era o adjetivo que o próprio Poirot teria escolhido para Rosamund Darnley, mas percebeu que, para Linda, aquele era um grande elogio.

III

— Rosamund, você teve a ideia extraordinária de que eu tinha matado Arlena? — perguntou Kenneth Marshall.

Rosamund parecia um tanto envergonhada.

— Acho que fui uma grande tola.

— Claro que foi.

— Sim, mas Ken, você é tão fechado. Eu nunca soube o que você sentia de verdade por Arlena. Não sabia se a aceitava como era e agia de forma decente a respeito, ou se... Bem, se apenas acreditava nela cegamente. E pensei que, se fosse isso, e você de repente descobrisse que ela estava te decepcionando, poderia enlouquecer de raiva. Já ouvi histórias sobre você. É sempre muito quieto, mas às vezes é bem assustador.

— Então pensou que eu simplesmente a agarrara pelo pescoço e a estrangulara até a morte?

— Bem... sim, foi exatamente isso que pensei. E seu álibi parecia um pouco fraco. Foi quando de repente decidi arriscar e inventei aquela história boba sobre ter visto você datilografando no quarto. E quando ouvi que você dissera ter me visto... bem, isso me deu certeza de que você era o culpado. Isso, e o comportamento estranho de Linda.

Kenneth Marshall suspirou.

— Você não percebe que eu disse que tinha te visto no espelho para sustentar *sua* história? — questionou ele. — Eu... eu pensei que você precisava que ela fosse corroborada.

Rosamund o encarou.

— Você não quer dizer que pensou que eu matei sua esposa?

Kenneth Marshall se remexeu, inquieto.

— Droga, Rosamund, você não se lembra de como quase matou aquele garoto por causa de um cachorro certa vez? Como agarrou a garganta dele e não soltava? — murmurou.

— Mas isso faz anos.

— Sim, eu sei...

— Que motivo no mundo você acha que eu teria para matar Arlena? — interrompeu-o Rosamund.

O olhar dele mudou. Kenneth murmurou algo novamente.

— Ken, seu presunçoso! — gritou Rosamund. — Você pensou que eu a matara por altruísmo, em seu nome, não é? Ou... pensou que a matara porque queria você para mim?

— De forma alguma — disse Kenneth Marshall, indignado. — Mas você sabe o que disse naquele dia... sobre Linda e tudo mais... e... e você pareceu se importar com o que aconteceria comigo.

— Sempre me importei com isso.

— Acredito que sim. Sabe, Rosamund... Normalmente não consigo falar sobre as coisas... Não sou bom em falar... Mas gostaria de deixar uma coisa bem clara. Eu não gostava de Arlena... Só um pouquinho no começo. E viver com ela dia após dia era bem estressante. Na verdade, era um inferno, mas eu sentia muita pena dela. Era uma tola, louca por homens... Simplesmente não conseguia evitar. E eles sempre a decepcionavam e a tratavam mal. Eu só sentia que não podia ser a pessoa a lhe dar o empurrão final. Tinha me casado com ela, e cabia a mim cuidar dela o melhor que pudesse. Acho que ela sabia disso e era grata a mim, de verdade. Ela era... Ela era uma criatura patética, no fundo.

— Está tudo bem, Ken. Agora eu entendo — falou Rosamund, gentilmente.

Sem olhar para ela, Kenneth Marshall encheu cuidadosamente um cachimbo e murmurou:

— Você é... muito boa em entender, Rosamund.

Um leve sorriso irônico curvou a boca de Rosamund.

— Vai me pedir em casamento agora, Ken, ou está decidido a esperar seis meses?

O cachimbo de Kenneth Marshall caiu de seus lábios e se espatifou nas pedras lá embaixo.

— Droga, esse é o segundo cachimbo que perco aqui. E não tenho outro comigo. Como diabos você sabia que eu tinha fixado seis meses como o tempo adequado a esperar?

— Acho que porque *é* o tempo adequado. Mas prefiro ter algo definitivo agora, por favor. Porque nos próximos meses você pode se deparar com alguma outra mulher injustiçada e correr para resgatá-la de forma cavalheiresca outra vez.

Ele riu.

— Você vai ser a mulher injustiçada dessa vez, Rosamund. Vai desistir desse seu maldito negócio de costura e nós vamos morar no campo.

— Você não sabe que ganho muito dinheiro com meu negócio? Não percebe que é *meu* negócio... que eu o criei e trabalhei nele, e que tenho orgulho dele? E você tem a desfaçatez de olhar na minha cara e dizer: "Desista de tudo, querida."

— Tenho a desfaçatez de dizer isso, sim.

— E acha que eu me importo o suficiente com você para fazer isso?

— Se não — disse Kenneth Marshall —, você não serve para mim.

Rosamund disse suavemente:

— Ah, meu querido, eu sempre quis morar no campo com você. Agora... isso vai se tornar realidade...

Notas sobre
Morte na praia

***Morte na praia* é um dos livros mais populares de Agatha Christie**, tendo sido adaptada para as telas três vezes, além de uma vez para o rádio e uma para uma *graphic novel*, lançada em 2013.

O título original, *Evil Under the Sun*, refere-se ao versículo bíblico em Eclesiastes 6:1-2 (ARA), que diz: "Há um mal que tenho visto debaixo do sol e que pesa muito sobre os homens: o homem a quem Deus dá riquezas, bens e honra, e nada lhe falta de tudo o que a sua alma deseja, mas Deus não lhe permite desfrutar disso, e outro o desfruta em seu lugar. Isso é vaidade e um grande mal".

A agência de viagens Cooks mencionada no Capítulo 1, refere-se a Thomas Cook Travel Agency, fundada em 1841 em Leicestershire. É conhecida como uma das agências de viagem mais tradicionais da Inglaterra, tendo permanecido na família até o final da década de 1920, quando os netos de Thomas Cook o venderam para o proprietário belga do Expresso do Oriente.

A Princesa Elizabeth citada no Capítulo 2 foi a Rainha Elizabeth II, Rainha do Reino Unido e dos Reinos da Comunidade de Nações, que reinou de 1952 até sua morte em 2022.

Em 1922, estreava a segunda adaptação para televisão de uma obra da Rainha do Crime com Peter Ustinov como Poirot. Já na versão de 2001, a trama foi estrelada por David Suchet, e foi a que mais sofreu alterações. As personagens Capitão Hastings, Inspetor Japp e Miss Lemon foram adicionadas ao elenco, apesar de não participarem da trama.

Acredita-se que o Hotel Jolly Roger e a Ilha do Tratante foram baseados em Burgh Island, no condado de Devon, no Reino Unido. Agatha Christie viajou ao local algumas vezes, onde se hospedou no Burgh Island Hotel, aberto até os dias atuais. O lugar também é creditado por ter inspirado a obra *E não sobrou nenhum*. Além disso, a adaptação de 2001 de *Morte na praia* também foi filmada na ilha.

Em 2007, *Morte na praia* tornou-se um jogo de computador. Os jogadores assumiam o papel de Capitão Hastings enquanto Poirot os guia pelas pistas e os encoraja a solucionar o mistério.

Este livro foi impresso pela Braspor,
em 2025, para a HarperCollins Brasil.
A fonte usada no miolo é Cheltenham, corpo 9,5/13,8pt.
O papel do miolo é Pólen Bold 70g/m²,
e o da capa é couché 150g/m² e offset 150g/m².